Simone Dark
Die Taten der Opfer

SIMONE DARK

DIE TATEN DER OPFER

EIN KRIMI AUS SÜDTIROL

RÆTIA

Mit freundlicher Unterstützung der Abteilung Deutsche Kultur
in der Südtiroler Landesregierung

AUTONOME PROVINZ BOZEN SÜDTIROL
PROVINCIA AUTONOMA DI BOLZANO ALTO ADIGE

Deutsche Kultur

1. Auflage

Grafisches Konzept und Druckvorstufe: Typoplus, Frangart
Umschlaggrafik: Philipp Putzer, Farbfabrik
Umschlagfoto: Manfred Kostner, Alamy
Lektorat: Verena Zankl
Korrektorat: Katharina Preindl

ISBN: 978-88-7283-820-4
ISBN E-Book: 978-88-7283-824-2

Unser Gesamtprogramm finden Sie unter www.raetia.com.
Bei Fragen und Anregungen wenden Sie sich bitte an info@raetia.com.

Edition Raetia
verzichtet der Umwelt zuliebe
auf die Schutzfolie aus Plastik.

TEIL 1

Anne Marschall

Anne Marschall brauchte kein Brot und auch keine süßen Krapfen, sie brauchte einfach nur Platz.

So schnell sie nur konnte, drängte sie sich durch Hunderte von Touristen und Einheimischen, die den jährlichen Brotmarkt in Brixen besuchten und sich durch die Stände naschten. Es nieselte ein wenig, der Oktober war kühler und nasser als in den Jahren zuvor. Hinter ihr begannen vier Herren in blauen Schürzen mit der Schaudrescherei, im Takt schlugen sie mit ihren Dreschflegeln Weizenkörner aus den Halmen. Tock, tock, tock, tock. Und noch einmal tock, tock, tock, tock. Holz flog auf Holz, Weizenkörner sprangen davon, Kinder staunten und Erwachsene hielten ihre Mobiltelefone auf die wackeren Müller, die mit verbissenen Mienen die Spreu vom Weizen trennten. Tock, tock, tock, tock.

Anne nahm kurz ihre große, dunkle Brille ab, um sie mit einem Taschentuch trocken zu wischen. Ein Kind wurde von der Mutter gerufen, es lief rückwärts, ohne den Blick von den dreschenden Männern zu nehmen, und stieß an Annes Beine. Sie blieb abrupt stehen, das Kind drehte sich um und starrte sie an. Anne erkannte den Schrecken im Gesicht des Mädchens und versuchte, es mit einem Lächeln zu beruhigen. Das Mädchen sah sie noch einen Moment lang entgeistert an und wandte sich dann ab, um zur Mutter zu rennen. Aus dem Augenwinkel sah Anne, dass das Kind seiner Mutter etwas ins Ohr flüsterte und beide sich noch einmal zu ihr umdrehten.

Anne kannte diese neugierigen, abschätzigen, manchmal auch mitleidvollen Blicke nur zu gut, diese Blicke, die alte Wunden aufrissen und sie nie heilen lassen würden. Sie wusste genau, was das Mädchen seiner Mutter ins Ohr gesagt hatte: „Mama, Mama, da war eine Frau, die hat nur ein Auge. Ja, mit dem einen hat sie mich angeschaut und das andere hat sie dabei zugelassen. Schau, genau so", und dann hatte das Mädchen wahrscheinlich versucht, das linke Auge zu schließen und das rechte offen zu lassen, genau wie sie. Mit dem einzigen Unterschied, dass Anne ihr linkes Auge nicht öffnen konnte, mit dem rechten aber viel mehr als andere Menschen sah.

Anne ging weiter, das klopfende Dreschgeräusch wurde leiser. Der Duft von frisch gebackenem Brot mit Speck, süßen Strauben mit Preiselbeeren und Nieselregen stieg ihr in die Nase. Sie schlüpfte durch die hölzernen Buden und bahnte sich den Weg zum Kreuzgang, lief hektisch hinein und blieb schwer atmend stehen. Zu viele Menschen an engen Orten hatten Anne schon immer in Panik versetzt. Vielleicht hatte sie sich gerade deshalb für die Schriftstellerei entschieden: In ihren Romanen war sie ihr eigener Herr, konnte über das Schicksal aller Darsteller mit freier

Hand entscheiden und den echten Menschen, denen sie nicht begegnen wollte, den Rücken kehren. Natürlich musste sie dann und wann das Haus verlassen, sich mit ihrem Oswald-von-Wolkenstein-Gesicht ins Freie wagen und den argwöhnischen Blicken der Mitbürger aussetzen, doch dies blieb eine Ausnahme. Wurden Lesungen veranstaltet, trug Anne stets einen bunten, breitkrempigen Hut, der von ihrem Makel ablenkte. Während Anne las, störte ihr einäugiger Blick niemanden. Den bemerkten die Menschen nur, wenn Anne mitten unter ihnen war.

Anne blieb vor einem Fresko mitten im Kreuzgang stehen, das Adam und Eva unter dem Lasterbaum zeigte. Eva hielt einen Apfel in der Hand, schützte ihre Scham mit einem Feigenblatt und sah abwesend und entzückt zur Seite. Neben ihr Adam mit langem, blondem Haar, der furchterfüllt die sechs Teufel anstarrte, die sich um sie geschart hatten. Sieben lateinische Inschriften über Laster und Tugenden hingen geordnet über den grausigen Gestalten. Ihre Blicke erinnerten Anne immer an die Menschen, die ihre Jugend in ein Martyrium verwandelt hatten: Kinder, die mit Annes Andersartigkeit nicht zurechtkamen und sie wie eine Aussätzige behandelten. Die sieben Teufel hielten Rechen und Speere in der Hand, schmiedeeisern und schneidend wie die geflüsterten Worte des kleinen Mädchens auf dem Brotmarkt und die verletzende Häme, mit der man Anne schon immer bedacht hatte.

Sie drehte sich um und betrachtete ein weiteres Fresko: das Achatiusmartyrium. Sieben nackte Leiber, aufgespießt auf kahlen, weißen Spießen, vielleicht Bäumen. Ihre Blicke waren gebrochen, leer, tot. Sie bluteten heftig aus ihren Oberkörpern, ihren Mündern, an den Beinen und am Rücken. Sechs Teufel links von Anne, sieben aufgespießte Gestalten rechts von ihr. Das rechte Bild versöhnte sie.

Marlene Pittscheider

Marlene Pittscheider griff noch einmal nach ihrem Telefon und drückte auf Annes Namen. Sie wandte sich ab, sah kurz nach oben und sprach wieder auf die Mailbox.

„Es tut mir leid, ich erreiche Anne nicht", entschuldigte sie sich bei Andreas Schmalzl.

Der Kulturredakteur der *Eisacktaler Presse* blickte kurz auf die Uhr seines Monitors und gab einige Sätze ein. „Und wenn Sie als ihre Assistentin mir etwas von dem neuen Roman erzählen? Sie kennen ihn doch sicher mindestens genauso gut wie Frau Marschall."

Marlene schüttelte den Kopf. „Ich bin für ihre Termine und ihr Wohlbefinden zuständig. Ich halte ihr den Rücken frei, damit sie schreiben kann. Über ihre Romane kann ich nicht …"

Marlene brach den Satz ab und ging ans Telefon. Anne rief außer Atem in den Hörer, dass sie fast in der Redaktion sei, und entschuldigte sich mehrmals.

Dann hörte man auch schon den Türsummer und die Stimme der jungen Sekretärin. Einige Sekunden später stand Anne in Schmalzls Büro und legte ihren Regenmantel über einen Stuhl.

„Es ist so viel los in der Stadt, furchtbar, ganz furchtbar ist das. Da ist kein Durchkommen, kein Platz für den eignen Leib, das Volk ist außer sich, und das weshalb? Nur ein paar Kanten des trocknen Brotes wegen!"

Marlene schmunzelte belustigt über die mittelalterliche Ausdrucksweise, die Anne immer wieder an den Tag legte.

„Ist doch kein Problem, Frau Marschall. Darf ich Ihnen beiden vielleicht einen Kaffee anbieten?", fragte Schmalzl und rief der Sekretärin zu, sie solle drei Tassen, eine Kanne Kaffee und Milch und Zucker bringen.

„Oh ja, eine herrliche Idee, werter Herr Schmalzl", säuselte Anne und lächelte den Kulturredakteur an. „Das schwarze Gebräu aus Arabien hat noch jeden ach so trüben Tag gerettet."

„Ich glaube, Herr Schmalzl würde lieber sein Interview machen, wir sind schließlich schon spät dran."

„Wie wahr, wie wahr, Liebes. An die Arbeit, ihr müden Geister, wir wollen doch nicht des Zeitungsmannes wertvolle Zeit verschwenden", antwortete Anne und nippte mit entzückter Miene an ihrem gezuckerten, hellbraunen Getränk.

Marlene trank leise ihren Kaffee, während Anne bereitwillig die Fragen des Redakteurs beantwortete, ihm einen kleinen Vorgeschmack auf den neuen Roman schenkte und erklärte, wie sie sich auf Lesungen vorbereitete. Marlene kannte die Antworten auswendig, die Anne gab. Und doch hörte sie es immer wieder gerne, wie liebevoll ihre Vorgesetzte und Freundin über den eigenen Beruf und ihre Berufung sprach. Wenn

Anne von ihrer Schreibarbeit erzählte, war es, als würde ihr verbittertes Herz aufblühen, sich vollständig entfalten und all die schlimmen Dinge aus der Vergangenheit und Gegenwart, die ihr widerfuhren, für einen Moment vergessen machen. Es war ein Labsal, Anne in ihrem Element zu erleben und sie glücklich zu sehen.

Manchmal fragte Marlene sich, wie ihr Leben ohne Anne Marschall verlaufen wäre. Sie kannten sich nun seit zehn Jahren, seit jenem Unfall auf der Autobahn, die vom Brenner nach Süden führte. Marlene war an einem Winterabend nach dem letzten Streit mit ihrem damaligen Freund von Innsbruck nach Florenz unterwegs gewesen, als es heftig zu schneien begann. Sie weinte, war abgelenkt, ihr Wagen geriet ins Schleudern und krachte in das Fahrzeug vor ihr. Zwar war sie langsam gefahren, doch der Zusammenprall war so heftig, dass Marlene einen Schock erlitt und nicht mehr reagierte. Die Frau aus dem zweiten Unfallwagen fuhr rechts ran, stellte das Warndreieck auf und setzte sich zu der blassen, am ganzen Leib zitternden Marlene ins Auto. Dann alarmierte sie die Polizei.

Die Autoheizung wollte nach dem Aufprall nicht mehr funktionieren, da schmiegte sich die Frau wärmend an sie und legte den eigenen Mantel über Marlenes zitternden Körper. Sie sprach die ganze Zeit leise mit ihr, ohne aufzuhören, und flüsterte ihr beruhigende Worte zu. Als ihr nichts mehr einfiel, summte sie leise Melodien. Marlene bekam all dies nur im geistigen Nebel mit. Dann kamen endlich die Polizei und der

Krankenwagen und fuhren die beiden Frauen ins Brixner Krankenhaus.

Als Marlene am nächsten Morgen aus ihrer Schockstarre erwachte, saß neben ihr die einäugige Anne Marschall, die von dem Unfall keine Verletzungen davongetragen hatte. Anne legte leise ihr Buch beiseite und kam näher an Marlenes Bett.

„Ich bin dein Schutzengel. Wir hatten einen Unfall, dein Auto ist leider schrottreif und du hattest einen schweren Schock."

„Sie haben gestern Abend im Auto bei mir gesessen und mit mir gesprochen", erinnerte Marlene sich vage.

„Ja. Sicher habe ich wirres Zeug von mir gegeben, aber das ist unwichtig. Mein Name ist Anne. Du bist Marlene, richtig?"

Marlene nickte und schlief wenige Sekunden später wieder ein.

Am nächsten Tag verließ sie gemeinsam mit ihrer Lebensretterin das Krankenhaus. Als sie wieder gesund war, nahm sie Annes Angebot, für sie zu arbeiten, gerne an.

Andreas Schmalzl

Nachdem er Anne Marschall und ihre Assistentin bis zur Tür begleitet hatte, setzte sich Schmalzl wieder an seinen Schreibtisch. Er massierte kurz seinen Nasenrücken, dachte an die restlichen Tagestermine und beschloss kurzerhand, sie zu verschieben. Der Artikel über die Schriftstellerin durfte nicht warten.

Er rief seine Sekretärin zu sich und bat sie, sich eine Ausrede für sein Fehlen bei der Pressekonferenz einfallen zu lassen. Sie nickte kurz, biss wie immer in ihren Kugelschreiber und verließ sein Büro.

Schmalzl mochte Anne Marschall, trotz ihrer Eigenarten und ihres ungewöhnlichen Aussehens. Oder vielleicht mochte er sie gerade, weil sie nicht in die Menge passte? Weil sie so ein Sonderling war, mit ihrem geschlossenen Auge und ihrer seltsamen Ausdrucksweise, die sie nicht nur in ihren Büchern, sondern manchmal auch im Alltag verwendete?

Sprach man dann mit Anne Marschall, hatte man das Gefühl, sich in einer anderen Epoche zu befinden, irgendwo im graubraunen Mittelalter, bei Minnesängern und stinkenden Bauern, bei verfolgten Hexen und wollüstigen Wanderhuren, in einem Königspalast, im Wald bei den Gesetzlosen. Sie hatte die Gabe, ihr Publikum auf eine Reise in düstere Zeiten mitzunehmen. Es gelang ihr, die Menschen kurz vergessen zu lassen, dass sie eigentlich im 21. Jahrhundert lebten.

Plötzlich merkte er wieder, wie sehr ihn sein Büro anödete. Der aktenüberfüllte Schreibtisch, der staubige PC, all die Krümel zwischen den Buchstaben seiner Tastatur, der Fleck, den seine Kaffeetasse auf der Sonntagsausgabe der letzten Woche hinterlassen hatte. Das Gesicht einer südtirolweit bekannten Politikerin grinste ihn durch einen braunen, welligen Kreis an. Er nahm die Zeitung und warf sie in den Papierkorb.

Politik war nicht sein Ding, genauso wenig wie Sport, darum durften sich gerne die eifrigen Kollegen kümmern. Er, Andreas Schmalzl, widmete sich ausschließlich der Kultur seiner Heimatstadt: Bücher, Kino und klassische Musik waren sein Steckenpferd, dann und wann auch ein wenig Malerei und die alten, teilweise verborgenen Schätze Brixens. Mit diesen Themen fühlte er sich vollkommen ausgelastet und zufrieden. Außerdem vermittelte die Kultur ihm Beständigkeit. Sie blieb. Sie wechselte nicht wie die Gesetze und Regierungen. Und sie wurde nicht gehandelt wie Radfahrgrößen und junge Fußballspieler. Kultur blieb, ob alt oder neu, sie bedeutete Sicherheit.

*

Als Schmalzl spät an diesem Abend nach Hause kam, lag seine Katze im Halbschlaf auf dem Sofa und bedeckte mit ihrem buschigen Schwanz seine zweite heimliche Leidenschaft. Vorsichtig streichelte er das

Tier, das sofort zu schnurren begann, ohne die Augen zu öffnen. Dann zog er die CD unter seinem Schweif hervor und putzte sie sorgfältig mit dem Hemdsärmel ab. Lächelnd legte er sie in den Player, den er eigens für diese CD gekauft hatte. Sofort ertönten poppige Violintöne: eine Coverversion von Britney Spears' ... *Baby One More Time.*

Niemals hatte Schmalzl einer Menschenseele von dieser CD erzählt. Als Spears in den Neunzigerjahren aufgekommen war, hatte er sich trotz des Altersunterschiedes heftig in den amerikanischen Popstar verliebt. Sie war so süß gewesen in ihrer Schulmädchenuniform. Mit ihren blonden Haaren und den dunklen Rehaugen hatte sie es Schmalzl angetan. Das Einzige, was er an ihr nicht sonderlich mochte, war ihre knatschige Stimme. Oft hatte er ihre Videos betrachtet und die Musik auf lautlos gedreht.

Eines Tages dann hatte er unter einem Vorwand einen Freund und Violinisten gebeten, einige ihrer Stücke nachzuspielen und für ihn aufzunehmen. Der Freund hatte ihn zwar für verrückt erklärt, ihm aber dann doch den Gefallen getan. Seitdem lauschte Schmalzl in seinen ruhigen, einsamen Stunden den vergeigten Stücken seines heimlichen Popstars.

Filippo Magnabosco

Filippo Magnabosco leerte mürrisch den Briefkasten Nummer 57, fischte einige Werbeprospekte und die Mahnung seines Telefonanbieters heraus und nahm den Aufzug in den fünften Stock des Wohnhauses. Drei Sekunden lang betrachtete er sein Spiegelbild in dem gelblich schimmernden Aufzug: Ein grauer Mittfünfziger in schmieriger Lederjacke und mit ungewaschenen Haaren blickte ihn an, ein einfacher, langweiliger Bulle der italienischen Staatspolizei.

Bislang hatte seine Aufgabe darin bestanden, Diebstahlsanzeigen aufzunehmen und dann und wann einen eskalierten Ehestreit zu schlichten, wenn er auf Streife war.

Nun war er durch den Autounfall eines Kollegen zu höheren Zielen berufen worden: Er sollte auf unbestimmte Zeit bei der Mordkommission einspringen. Zumindest so lange, bis sich der Kollege von seinem Unglück erholt hatte.

Auch eine Assistentin war ihm zugewiesen worden, eine gewisse Carmela Pasqualina. Er kannte sie nicht, war ihr ein einziges Mal am Kaffeeautomaten begegnet. Sie war ihm als ein junges, unerfahrenes Ding in Erinnerung geblieben, das nichts Besseres zu tun hatte, als den neuesten Stadttratsch mit den Kolleginnen aus dem oberen Stock zu besprechen.

Carmela war in Süditalien aufgewachsen und erst vor wenigen Jahren nach Südtirol gezogen. Hier hatte sie auch leidlich gut Deutsch gelernt. Magnabosco beschloss, mit ihr so viel wie möglich deutsch zu sprechen – es fehlte noch, dass er sich abmühen musste, ihren kalabrischen Dialekt zu verstehen. Mit seinen Eltern hatte er zwar ein Leben lang auf Italienisch kommuniziert, aber auf ihren Wunsch hin seine komplette Schullaufbahn in deutscher Sprache absolviert und war somit – beinahe – perfekt zweisprachig.

Der Aufzug bremste ruckartig, die Tür öffnete sich langsam und laut. Magnabosco trat auf den dunklen Flur und ging in seine kleine Wohnung hoch über der Bozner Peripherie. Es regnete, die Wolken hingen tief über dem Sportgelände in der Pfarrhofstraße. Sie klebten wie nasse, graue Wattebausche an den sonst rötlichen Felsen, die die Südtiroler Landeshauptstadt umgaben.

Magnabosco stieß gegen seine braunen Lederschuhe, gab dem rechten einen heftigen Tritt, sodass er unter dem Sofa landete. Den linken schob er etwas sanfter in die Ecke hinter der Tür. Die Post schmiss er auf den Küchentisch, ging zum Kühlschrank, der ihn leer angähnte. Er öffnete den Gefrierschrank und entdeckte eine Packung abgelaufener Fischstäbchen. Heute Abend würde er herausfinden, ob sie tatsächlich ungenießbar geworden waren oder ob das Mindesthaltbarkeitsdatum nur eine Masche der Nahrungsmittelindustrie war, um mehr Fischstäbchen zu verkaufen.

Magnabosco war sich sicher, dass es ein Trick war. Und falls er sich täuschen sollte, würde er die folgende Nacht eben auf der Toilette oder im Krankenhaus verbringen.

Es war ohnehin egal, schließlich hatte er seit drei Stunden, seitdem Clara zum dritten Mal mit ihm Schluss gemacht hatte, nichts mehr zu verlieren. Dieses Mal hatte sie sich nicht einmal mehr die Mühe gemacht, ihn aufzusuchen oder anzurufen. Sie hatte ihm eine einfache Kurznachricht gesendet. Eine Fernbeziehung nach Brescia war einfach unmöglich zu managen. Es war vorbei, schon wieder. Dieses Mal für immer, hatte Clara geschrieben. Und Magnabosco hatte ihr nicht einmal mehr geantwortet.

Nun fehlte sie ihm, ihre Abwesenheit war zur Leere geworden. Er aß drei Fischstäbchen, öffnete ein Dosenbier und setzte sich vor den Fernseher. Er starrte in den dunkelgrauen Kasten und schaltete ihn nicht einmal ein, um mitzubekommen, wie seine Fußballmannschaft durch ein Eigentor ihren Platz in der Serie A verlor.

*

Gegen dreiundzwanzig Uhr beschloss Magnabosco, noch eine kleine Runde zu drehen. Einmal bis zum Friedhof und wieder zurück war sein Ziel.

Es hatte aufgehört zu regnen, nur ein paar vereinzelte dicke Tropfen fielen noch vom Himmel, als er die Pfarrhofstraße entlangschlenderte und ein Fahrrad hinter ihm Sturm klingelte.

„Che cazzo, vai sul marciapiede, no?“, schrie die Person auf dem Fahrrad.

Magnabosco konnte gerade noch auf den für die Fußgänger vorgesehenen Streifen am Straßenrand ausweichen und fluchte ebenso laut wie sein Gegner.

Plötzlich drehte sich dieser um und lachte auf. Magnabosco erkannte seinen alten Freund von der Polizeischule und ging auf ihn zu.

„Vecchio sbirro, che fai da queste parti?"

Magnabosco gab ihm die Hand. „Sergio Matteotti! Luft schnappen. Ti va una birra?", fragte er ihn.

Sergio stieg vom Fahrrad.

Wenige Minuten später betraten sie gemeinsam die Bar am Sportplatz. Der Barkeeper betrachtete die beiden Männer mit Widerwillen, hatte er doch gerade eben das letzte Glas ausgespült und gehofft, früher Feierabend machen zu können.

Magnabosco und Matteotti setzten sich und bestellten zwei Bier. Dann stießen sie an. Magnabosco war nicht nach Reden, obgleich er Sergio seit etwa fünf Jahren nicht mehr gesehen hatte und froh war, diesen Abend nicht völlig allein verbringen zu müssen.

„Was ist los, Filippo? Hat das Spiel dich so runtergezogen?", versuchte Matteotti, ein Gespräch zu beginnen.

Magnabosco schlug sich gegen die Stirn. Das Fußballspiel hatte er völlig vergessen.

„Ist egal", sagte Matteotti mit verdrießlicher Miene. „Ist eh scheiße gelaufen. Null zu drei verloren. Die Saison ist im Arsch."

Auch das noch, dachte Magnabosco und leerte das Glas in einem Zug, knallte es auf den Tresen und verlangte ein weiteres Bier. Nicht nur Clara hatte ihn verlassen, sondern auch seine Fußballmannschaft die Serie A. Schlimmer konnte dieser Abend nicht mehr werden.

„Wie geht's deiner Familie? Hat dein Bruder sich wieder gefangen?“, wechselte Matteotti das Thema.

Magnabosco berührte erneut seine Stirn und strich sich über die Narbe, die ihm als einzige Erinnerung an seinen drogenabhängigen Bruder geblieben war. „Siehst du die hier?“, fragte er sein Gegenüber.

„Ja. Aber was hat die mit deinem Bruder zu tun?“

„Marco hat es nicht geschafft. Ich habe ihn eines Abends volltrunken in seiner Wohnung gefunden. Er war dabei, sich einen Schuss zu setzen, und ich habe versucht, ihn davon abzuhalten. Er hatte ein Messer und hat mich angegriffen. Ich bin dann mit einer Schnittwunde im Gesicht neben meinem toten Bruder wieder aufgewacht. Er hat die Überdosis nicht überlebt. Noch Fragen?“

Matteotti schüttelte den Kopf.

Magnabosco tat es leid, ihm so rüde geantwortet zu haben, doch die Erinnerung an seinen kleinen Bruder Marco und die Drogen, mit denen er sich zugrunde gerichtet hatte, ließ eine unbändige Wut in ihm aufsteigen. Er klopfte seinem alten Freund auf die Schulter, legte einen Zwanzigeuroschein auf den Tresen und wünschte ihm eine gute Nacht.

Matteotti bedankte sich, doch Magnabosco drehte sich nicht einmal mehr zu ihm um. Besser, ich gehe nach Hause und warte auf den nächsten beschissenen Tag, dachte er.

*

Als er wieder im gelblich schimmernden Aufzug stand und noch einmal sein Spiegelbild betrachtete, bemerkte er, dass er mit dem linken Schuh in einen Hundehaufen getreten war. Nun, zumindest ein Glücksbringer heute, dachte er und zog die Schuhe vor der Wohnungstür aus. Er durchstöberte seine Jackentasche nach dem Hausschlüssel, konnte ihn aber nirgendwo finden. Den einzigen Zweitschlüssel zur Wohnung besaß Clara, und die war in Brescia.

Magnabosco lehnte sich verzweifelt an seine Wohnungstür, der Gestank seines linken Schuhs stieg ihm in die Nase. Es war nichts zu machen, er kam nicht in seine Wohnung hinein. Den Schlüsseldienst konnte er nicht rufen, da sein Handy noch in der Wohnung lag. Er nahm seine Schuhe und legte sie unter die Fußmatte, um den Gestank zu dämpfen. Dann setzte er sich hin und fluchte leise. Ihm war kalt, er wollte schlafen.

Etwa zwanzig Minuten später wurde der Aufzug gerufen. Er fuhr ins Parterre, dann wieder auf Magnaboscos Flur. Die Tür öffnete sich. Er glaubte, einen Geist zu sehen.

Es war Clara. Magnabosco blickte sie ungläubig an und rappelte sich auf. In Socken stand er vor ihr. Er konnte erkennen, dass sie geweint hatte.

„Ich muss mit dir reden", schluchzte sie laut und umarmte ihn heftig.

„Hast du den Schlüssel dabei? Ich habe ihn in der Wohnung liegen lassen", sagte er leise, hielt ihr schmales Gesicht in den Händen und küsste sie auf den bebenden Mund.

„Ja, hier. Bitte, Filippo, wir müssen sprechen. Ich halte es nicht mehr aus ...", sagte sie und schloss mit zitternden Händen die Wohnungstür auf.

Magnabosco empfand keine Wut auf Clara, er hielt sie an sich gedrückt und wartete, bis sie sich beruhigt hatte. Minutenlang, vielleicht sogar eine Viertelstunde dauerte es, bis sie endlich reden konnte.

„Filippo, ich bin bekomme ein Kind."

Anne Marschall

Der Novemberwind schlug einen Fensterladen zu. Anne zuckte zusammen und drehte sich um. Sie konnte niemanden sehen, die Unterdrittelgasse im alten Brixner Stadtteil Stufels war leer, nur der Herbstwind trieb sein frostiges Unwesen. Anne zog ihren grauen Wintermantel fester um ihren zierlichen Körper und suchte Schutz in dem alten Wollschal, der einst ihrer Mutter gehört hatte.

Mit schnellen Schritten näherte sie sich ihrer Haustür, der einzigen, der in der gesamten Straße eine Scheibe fehlte. Die schmiedeeisernen Gitter davor hatten die Mädchen damals vor vielen Jahren, als Anne noch die Schule besuchte, nicht davon abgehalten, sie zu zerbrechen. Annes Mutter hatte sie nie ersetzt, weil kein Geld dagewesen war.

Inzwischen hätte Anne alle Fensterscheiben des alten Hauses ersetzen können, doch sie hing an den Erinnerungen – an den guten genauso wie an den schlechten. Sie hatte den kleinen Raum neben der alten, braunen Holztreppe nie aufgeräumt, sie hatte auch den Regenschirm mit dem Gepardenmuster, der über dem ausgesonderten Kühlschrank hing, nie entsorgt. Sie hatte die verschrammte Tür nicht wie die anderen

Nachbarn erneuert. Anne hatte alles so gelassen, wie es war, nachdem sie ihrer Mutter vor fast zehn Jahren das letzte Geleit gegeben hatte.

Ihre eigene Wohnung im oberen Stockwerk des Wohnhauses in Stufels hingegen hatte sie renoviert. Ihr kleines Reich, wo all ihre historischen Romane entstanden, glich einem Museum. In mühevoller Kleinarbeit hatte Anne bei Trödlern und Museen Antiquitäten erstanden, die sie an mittelalterliche Zeiten erinnerten. Nur umgeben von all diesen Dingen konnte Anne Marschall sich in längst vergangene Epochen begeben und ihre Bücher verfassen.

*

Für diesen Nachmittag hatte Anne sich vorgenommen, sich einzig und allein um den Plot ihres nächsten Romans zu kümmern, der ihre Leserschaft hinter die Tore der vielen Brixner Klöster führen sollte. Noch stand sie ganz am Anfang ihres Projekts und konnte es kaum erwarten, sich endlich durch all die Chroniken, Kunstführer und Beschreibungen des alten Brixen und seiner vielen Klöster zu wühlen, ihre Ursprünge zu erfassen und dann ihre Fantasiegestalten genau dort zum Leben zu erwecken, ihnen ein Schicksal aufzuerlegen und etwa zwei Jahre lang über sie zu verfügen wie eine Marionettenspielerin.

Wenn Anne gerade recherchierte, empfand sie tiefe Sehnsucht nach dem konzentrierten Schreiben, danach, sich von ihren Romanfiguren leiten und überraschen zu lassen. Nicht selten passierte es ihr, dass die

Geschichten während des Prozesses Wendungen nahmen, mit denen sie selbst niemals gerechnet hätte. Zwar versuchte sie, sich an den groben roten Faden ihres Plots zu halten, doch oft spielten ihr die Protagonisten einen Streich und entwickelten sich in eine unvorhergesehene Richtung.

Die Geschichtsbücher ihrer Geburtsstadt, die neben ihr lagen, leisteten ihr Gesellschaft und beruhigten sie mit ihrer Fülle an Wissen. Der Computer, das einzige moderne Gerät in ihrer Wohnung, lief bereits. Anne öffnete das Dokument, aus dem ein Roman von etwa dreihundert Seiten entstehen sollte. Sie schaltete die Musik ein, die sie innerhalb weniger Sekunden genau dorthin brachte, wo sie sich am wohlsten fühlte: in eine vielleicht grausige, aber doch irgendwie gerechtere Zeit, als die Rache noch nicht als Verbrechen geahndet wurde.

Einen Moment lang dachte Anne an die Arkaden im Kreuzgang neben dem Brixner Dom und sah sie wieder vor sich, die Teufelsgestalten am Lasterbaum, gegenüber die aufgespießten, blutenden Leichname, die die Gesichter von Frauen annahmen.

Marlene Pittscheider

Marlene unternahm trotz der eisigen Temperaturen, die an diesem letzten Novembertag herrschten, einen kleinen Spaziergang durch den Brixner Hofgarten. Die kahlen Bäume und verblühten Blumenstöcke stimmten sie traurig, sie konnte den Frühling und den Sommer wie jedes Jahr kaum erwarten. Sie sah hinauf in den einheitlich grauen Himmel. Es war fünf Uhr nachmittags und es wurde bereits dunkel.

Sie verließ den Hofgarten und ging ein paar Meter weiter durch das Sonnentor. Die Tische der sonst so gut besuchten Restaurants standen einsam unter den Kleinen Lauben, der letzte Regen perlte in Tropfen von den Kanten. Sie ging fröstelnd an ihnen vorbei und sah erst wieder auf, als sie unter der hölzernen Figur des Wilden Mannes stand.

Oft, wenn im Frühjahr und Sommer die Touristen durch die Brixner Lauben drängten, machte sie sich den Spaß, vor dem Haus stehenzubleiben, auf dessen Fassadenvorsprung die Figur mit den drei Köpfen stand. Sie stellte sich dann einfach hin und starrte sie an. Nach und nach scharten sich dann Menschenmengen um sie herum und begutachteten ebenfalls den dreiköpfigen Mann, der aus dem 16. Jahrhundert stammte.

Nach einigen Minuten entfernte sie sich dann aus der Menschentraube, die weiterhin fasziniert nach oben blickte und immer mehr neugierige Personen anzog. Aus einiger Entfernung sah sie mit Genugtuung zu, wie die Menschen ihre Lieblingsstatue würdigten und den Blick nicht mehr von ihr lassen konnten. Dann hob sie kurz die Hand, winkte dem Wilden Mann zum Abschied zu und verschwand hinter ihrer Haustür.

Oft hatte Marlene den Wilden Mann heimlich mit Anne Marschall verglichen, auch diese schien mehrere Gesichter zu haben. Da war ihre unbändige Lebensfreude, wenn sie schrieb und sich neue Geschichten ausdachte – in diesen Momenten konnte sie nichts aufhalten, die Welt schien ihr zu gehören. Sie wurde mächtig, sie wurde zu einer Göttin ihrer Figuren und Szenen, sie verfügte, sie dressierte, sie ließ leben und sterben. Sie erfand, fantasierte, suchte nach Wahrheiten und echten Begebenheiten. All dies vereinigte sie dann in einem neuen Roman, der jedes Mal aufs Höchste gelobt wurde.

Dann war da die traurige Anne Marschall – sie schaffte es einfach nicht, über den Tod ihrer Mutter hinwegzukommen. Noch immer sagte sie leise: „Grüß Gott“, wenn sie an deren einstiger Wohnung im unteren Stock des Hauses vorbeikam. Dabei hatte die Mutter ihr das Leben nicht leicht gemacht: Starrsinnig war sie gewesen, eine Krankheit hatte ihren Geist zerstört und gebrochen, sie hatte die eigene Tochter angespuckt und nach ihr geschlagen, wenn sie ihr das Essen brachte und sie wusch. Anne hatte es bis zum letzten

Tag hingenommen und betonte bis heute, wie gut ihre Mutter in früheren Jahren zu ihr gewesen war.

Marlene musste nun auch an die wütende Anne Marschall denken – eine Frau, die in ihren Jugendtagen als Sündenbock und Spottobjekt der Mitschülerinnen herhalten musste, nur weil sie Oswald von Wolkenstein vergötterte. So viele Streiche hatte man ihr gespielt, kein Wunder, dass ihre Seele so großen Schaden genommen hatte. Man nannte sie „Ossi", nachdem man ihr das Auge ausgestochen hatte. Man führte ihr ein Schlafmittel zu, um ihr dann ein Auge auf das geschlossene Lid zu malen. Als in der Geschichtsstunde das Leben des von Wolkenstein besprochen wurde, hing ihr Bild anstelle des Minnesängers an der Tafel. Marlene ging davon aus, dass man ihr noch viel schlimmere Dinge angetan hatte, die Anne aber lieber für sich behielt.

Der Blick, mit dem sie ihr von diesen Ereignissen immer wieder einmal erzählte, flößte Marlene Angst ein. Genauso ging es ihr, wenn sie Anne durch den Kreuzgang des Brixner Doms begleitete und diese zwischen dem Fresko des Lasterbaums und des Martyriums stehen blieb. Es schien, als würde Anne dort eine gewisse Entlastung von all diesen Schandtaten erfahren, die ihr als junges Mädchen widerfahren waren.

Filippo Magnabosco

Magnabosco überholte drei Lastwagen, dann verließ er die Autobahn an der Ausfahrt Brixen-Nord. Als er die Mautstelle passieren wollte, gab sein gelb-grauer Telepass nicht das gewohnte piepsende Geräusch von sich. Fluchend suchte Magnabosco nach ein paar Euro Kleingeld, um die Autobahngebühr zu bezahlen, fand aber seine Brieftasche nicht. Auch das kleine Fach in der Fahrertür war leer. Langsam fuhr er im Rückwärtsgang aus der engen Einfahrt heraus und sah sich nach einem Autobahnbediensteten um, der ihm die Schranke öffnen würde. Die folgenden Fahrer mussten ebenfalls zurücksetzen, einige gestikulierten genervt, andere zeigten sich geduldig und rücksichtsvoll.

Fünfzehn Minuten später bog der Kommissar in die kleine Straße ein, die zur Klosteranlage Neustift im Norden Brixens führte. Man hatte eine Tote gefunden und ihn hierherbestellt, und das um sieben Uhr morgens. Wieder vermisste er seinen Schreibtisch und seinen Computer, den er früher nur selten vor acht Uhr dreißig eingeschaltet hatte, um sich dann erst einmal einen Kaffee zu genehmigen.

Magnabosco parkte und ging die kleinen Stufen hinunter, die zum Kloster führten. Alles lag im Dunkeln, der Frühnebel ließ ihn die Engelsburg nur erahnen. Er ging durch den Torbogen, der zur Klausur und zum Wunderbrunnen führte.

Er kannte Neustift. Vor beinahe vierzig Jahren, als er und seine Familie noch in Vahrn lebten, hatte er sich mit einem Mädchen hier verabredet. Er war sechzehn Jahre alt, hatte Pickel im Gesicht und das Hirn voller irrwitziger Ideen, doch keinen Mut, sie auszuleben. Er hatte sie beim Eisessen kennengelernt und sie gefragt, ob sie einen Spaziergang machen wolle. Sie hatte gekichert und doch Ja gesagt.

Magnabosco hatte sein Glück damals kaum fassen können, sie war das erste Mädchen, das ihn nicht sofort abblitzen ließ. Sie war keine Schönheit, aber was machte das schon? Sie war fünfzehn Jahre alt, einen Kopf kleiner als er und hatte eine dicke Brille auf der Nase. Es sollte ein Spaziergang werden, Treffpunkt Kloster Neustift und dann an den Apfelbäumen entlang zurück nach Brixen, das romantische Plätschern des Eisacks zu ihrer Rechten.

Schon als sie sich in Neustift auf eine Bank setzten, versuchte er, ihre Hand zu halten. Das Mädchen – dessen Name ihm heute einfach nicht mehr einfallen wollte – nahm sie schüchtern zurück. „Ich kann nicht", sagte sie. „Schade", antwortete er und zupfte verlegen an seinem T-Shirt. Mit einer Abfuhr hatte er nicht gerechnet, er fühlte sich unwohl. Dann stand das Mädchen auf und ging. Magnabosco sah ihr nach, wartete eine halbe Stunde und ging dann ebenfalls wieder zu seinem Fahrrad.

Als er schließlich traurig zu Hause ankam, entdeckte er ihre Schuhe hinter der Haustür. Er ging am Zimmer seines Bruders vorbei und hörte erst ihr leises, süßes Kichern, dann das unterdrückte Stöhnen seines Bruders. Er riss die Tür auf und erwischte die beiden bei ihrem Liebesspiel.

„Magnabosco", ließ ihn eine Stimme aufschrecken. „Wenn Sie dann bitte kommen würden. Die Spurensicherung will die Leiche mitnehmen."

Der Kommissar wandte sich zu dem Polizisten, sein Gesicht war blass. Er ging einige Meter weiter zum Brunnen unter dem Denkmal mit den sieben Weltwundern. Während er versuchte, die Erinnerung an das Mädchen und seinen Bruder zu verjagen, näherte er sich dem Opfer.

Auf den ersten Blick konnte er eine etwa fünfzigjährige Frau erkennen. Sie lag in dem trockenen Brunnen, eingepfercht wie in einen viel zu kleinen Sarg. Ihr Kopf lag fast auf ihrer Brust, ihr Hals bildete ein Doppelkinn. Ihre Arme hatte man sorgfältig übereinandergelegt, die Beine angewinkelt. Die bräunlichen Haare waren am Hinterkopf blutverklebt. Ihre Kleidung schien intakt, dennoch fragte Magnabosco: „Vergewaltigt?"

„Sieht mir nicht danach aus. Ich hoffe nur, dass das hier postmortal geschehen ist", antwortete Kollege Gruber aus der Scientifica und öffnete behutsam den Mund der Toten.

„Wo ist die Zunge?", fragte Magnabosco und schluckte hart. Was für ein Monster!

„In der näheren Umgebung haben wir nichts gefunden", sagte Gruber und rückte seine Brille zurecht. „Den Rest erfahren Sie dann in der Gerichtsmedizin."

„Wie lange ist sie schon tot?"

„Auf den ersten Blick vielleicht seit sechs oder sieben Stunden."

„Woran ist sie gestorben?"

„Ich weiß nicht, ob die Wunde am Hinterkopf tödlich war, dafür wird sie ja obduziert. Wir hören uns später!"

Andreas Schmalzl

Schmalzl schlug die Tür zu seinem Büro hinter sich zu. Was für ein furchtbarer Morgen. In der Redaktion herrschte Aufregung, seine Kollegen von der Chronik schienen regelrecht in Panik zu sein. Man hatte eine Leiche gefunden, im Wunderbrunnen in der Klosteranlage Neustift. Wer die Nachricht erhalten hatte, wusste Schmalzl nicht, es hatte ihn als Kulturredakteur eigentlich auch nicht zu interessieren. Was ihn jedoch interessierte, war, dass man eines der ältesten Denkmäler Brixens als Tatort oder zumindest als Fundort für eine Frauenleiche missbraucht hatte. Hätte sich der Mörder denn nicht einen weniger historischen Ort aussuchen können? Wenn er schon keinen Respekt vor dem Leben eines Menschen hatte, so hätte er doch zumindest den Denkmalschutz einhalten können.

Schmalzl massierte seinen Nasenrücken und sah in seinen Terminkalender. Sofort hellte sich seine Stimmung auf: Heute stand ein Termin mit Anne Marschall an, um ein paar Fotos für den Artikel zu schießen, der in zwei Tagen erscheinen würde.

Anne war über ihren Schatten gesprungen und hatte sich mit Schmalzl verabredet. Um zwölf Uhr würden sie sich in der Brixner Altstadt unter dem Weißen Turm treffen, um anschließend im gegenüberliegenden Restaurant zu essen. Normalerweise war Anne kein Mensch, der sich freiwillig vor die Haustür begab, das wusste Schmalzl nur zu gut. Doch er mochte sie viel zu sehr, als dass er ihren Hang zur Einsamkeit unterstützen konnte. Und so hatte er einen Deal mit ihr ausgehandelt: ein Mittagessen unter Menschen und Fotos in ihrem trauten Heim, mit all ihren Antiquitäten und Gemälden aus längst vergangenen Zeiten. Anne hatte gezögert und dann eingewilligt.

Schmalzl ging noch einmal die Zeilen durch, die er über Anne veröffentlichen würde. Wegen dieses Artikels, so überlegte er selbstsicher, würde sich Annes Leserschaft wieder einmal auf die Ladentische stürzen, um ihr Buch zu erwerben. Wenn dafür doch nur ein wenig mehr als das ewig förmliche „Dankeschön, Wertester!" von ihr zurückkommen würde. Die ewig keusche Haltung der Schriftstellerin brachte Andreas immer mehr aus der Fassung. Manchmal, wenn er sie sah, musste er sich beherrschen, sie nicht einfach nach allen Regeln der Kunst zu verführen oder sie mit einem heftigen Kuss zu überfallen. Selbstverständlich würde er sich wie ein Gentleman verhalten, ihr nichts tun, was sie nicht auch selbst wollte. Wenn sie sich doch nur endlich eingestehen würde, dass sie sich genauso zu ihm hingezogen fühlte wie er sich zu ihr.

*

„André, wie geht es Euch? Welch eine Freude, Euch an diesem trüben Wintertag zu treffen", sagte Anne und begrüßte Schmalzl mit einem sanften Händedruck.

„Gut geht es mir, aber erst seitdem ich aus dem Büro geflüchtet bin."

„Was hat Euch denn in die Flucht getrieben? Das liebe Kollegium oder die Schreiberei selbst? Ich weiß nur zu gut, wie öde und traurig es anmutet, wenn man nichts zu Papier bringt und das Blatt doch längst beschrieben sein sollte." Um ihr Mitgefühl auszudrücken, rollte Anne Marschall ihr offenes Auge.

„Nein, nichts dergleichen ist passiert. Die Kollegen sind lieb und brav, der Artikel ist bereits geschrieben. Nur ist heute Morgen eine Leiche in Neustift aufgetaucht und nun herrscht Aufruhr im Büro. Aber ich will Sie nicht mit meinen Problemen behelligen. Lassen Sie uns essen gehen. Ich habe einen Tisch reserviert."

„Ein Leichnam in Neustift? Was für ein Gräuel ...", antwortete sie und schlug die Hand vor den Mund.

„Ja, wirklich schrecklich. Genaueres weiß ich noch nicht. Aber wir werden es ja bald aus der Zeitung erfahren."

*

Schmalzl beobachtete Anne Marschall, während sie vorsichtig ihr Rindersteak zerteilte und es in kleinen Stücken in ihren schmalen Mund schob. Sie sprach wenig beim Essen, ihre Bewegungen waren fahrig und sie schien ihre Mahlzeit nicht zu genießen.

„Ist alles in Ordnung, Anne?", fragte Schmalzl besorgt. „Ist das Fleisch zäh?"

„Nein, nein", beteuerte sie, „das Essen ist vorzüglich. Nur ziehe ich es vor, nicht in der Öffentlichkeit zu speisen. Verzeiht meine Phobie vor größeren Menschenansammlungen."

Schmalzl sah sich im Lokal um. Bis auf eine Gruppe von sechs Frauen und drei gelangweilte Kellner war es menschenleer. Anne hatte schon ein paarmal zu den Frauen hinübergelugt und sich dann schnell wieder ihrem Essen zugewandt.

„Wir sind doch fast allein, Anne. Wovor haben Sie Angst?"

„Es ist keine Angst, André. Ich fürchte nichts und niemanden. Ich möchte einfach nur nicht in der Nähe dieses Weibsvolks sein. Verzeiht bitte meine Nervosität, aber ich würde dieses Lokal lieber verlassen. Den Kaffee können wir gerne auch bei mir zu Hause trinken, ich habe ein Naschwerk zubereitet, das Euch sicher munden wird."

Schmalzl sah Anne ein wenig verdutzt an, nahm einen letzten Bissen und begleitete sie dann zur Theke, wo er die Rechnung für das abgebrochene Mittagessen beglich. Als sie an den Frauen vorbeigingen, hielt Anne ihr Gesicht bedeckt.

Kurz bevor sie das Lokal verließen, merkte Schmalzl, dass er seinen Hut am Tisch vergessen hatte, und ging noch einmal zurück. Er kam erneut am Tisch vorbei, an dem die Frauen saßen. Als er sie grüßen wollte, sah er in sechs weinende Gesichter, die aufgeregt ein Handy herumgehen ließen. Sie waren völlig aufgelöst und starrten sich gegenseitig geschockt an. Schmalzl schienen sie nicht zu bemerken.

Filippo Magnabosco

Eigentlich war ihm der Bozner Christkindlmarkt zuwider. All der Trubel, diese Gerüche – ein Gemisch aus geschmolzenem Käse, Glühwein und Knödeln mit Kraut, Keksen und Früchtebrot, das sie hierzulande Zelten nannten –, Touristen aus Süditalien, Deutsche, Japaner, da und dort hörte man auch ein paar beschwipste Franzosen. Im Hintergrund sang ein zufällig entstandener Chor traditionelle Weihnachtslieder – für die Ohren des Kommissars kein Vergnügen, er bevorzugte Rockmusik. Dennoch schluckte er tapfer seinen Glühwein und tastete nach Claras Hand. Sie prostete den Freunden, mit denen sie hier waren, zu und lächelte. Auch Filippo bemühte sich zu lächeln, trank noch einmal und verschluckte sich heftig. Er versuchte, den Glühwein nicht wieder auszuspucken, was ihm mit Mühe gelang. Clara sah sich kurz nach ihm um und widmete sich wieder dem befreundeten Paar.

Es waren nun etwa acht Wochen vergangen, seit sie wieder zu ihm zurückgekehrt war, mit einem etwa würfelgroßen Baby im Bauch. Seitdem Magnabosco wusste, dass er Vater werden würde, war er glücklich, auch wenn Clara nicht mehr dieselbe war. Sie war in sich gekehrt und sprach nicht mehr oft mit ihm, schon gar nicht über das Baby und die gemeinsame Zukunft als Familie. Sie war einfach nur mehr da, körperlich. Ihre Seele, so vermutete Magnabosco, hatte sie woanders gelassen. Er versuchte zunächst, ausschließlich in ihrer Präsenz sein Glück wiederzufinden.

„Lass uns nach Hause gehen", sagte er zu ihr, als er sich wieder gefangen hatte.

Clara nickte und wünschte ihren Freunden ein frohes Weihnachtsfest. Magnabosco nahm wieder ihre Hand, sie zog sie nicht fort, erwiderte seinen Druck aber auch nicht.

Schweigend stiegen sie in den Stadtbus und fuhren bis zur Pfarrhofstraße. Es nieselte, als sie die letzten hundert Meter zu Fuß bis zu Magnaboscos Wohnung zurücklegten.

„Was wünschst du dir zu Weihnachten?", fragte er sie.

„Ich möchte nichts", antwortete sie leise und senkte den Kopf.

„Was macht dich nur so unglücklich, Clara? Ich würde dir doch jeden Wunsch erfüllen, wenn du ihn nur aussprechen würdest."

„Das kannst du nicht, Filippo. Lass uns bitte schlafen gehen. Der Glühwein war keine gute Idee."

„Du hast doch nur einen Apfelglühmix getrunken. Alkoholfrei."

„Es geht mir nicht gut, versteh das doch bitte. Lass uns ins Bett gehen. Wir sprechen ein andermal."

Wie auch die letzten Male gab Magnabosco sich bei dem Versuch, mit ihr offen zu sprechen, geschlagen. Es würde ihm aber schon noch gelingen. Irgendwann würde Clara mit ihm reden.

*

Am nächsten Morgen saß Magnabosco in seinem Büro und starrte in den Computer. Zum wiederholten Male arbeitete er sich durch die Fotos der Toten und des Fundortes. Man ließ ihn spüren, dass er in den Ermittlungen zu der Leiche im Wunderbrunnen des Neustifter Klosters noch keinen Schritt weitergekommen war, und das, obwohl schon ein paar Wochen seit dem grausamen Mord vergangen waren. Der Staatsanwalt und sein Vorgesetzter saßen ihm mit Fragen und Ermahnungen im Nacken.

Er dachte noch mal alles durch: Das Mordopfer Elfriede Tschurtschenthaler war in Brixen aufgewachsen und hatte dort die Klosterschule besucht, die sich in der Klosteranlage Neustift befand. Entgegen dem Willen der Eltern hatte sie früh geheiratet, zwei Kinder bekommen und dann eine Arbeit als Kassiererin in einem Supermarkt im Zentrum Brixens angenommen, der sie mehrere Jahrzehnte lang nachging. Die Kinder waren inzwischen nach Österreich gezogen, um in Wien und Innsbruck zu studieren, ihr Mann war an Krebs erkrankt und vor fünf Jahren gestorben.

Alles, was Magnabosco über Frau Tschurtschenthaler erfahren hatte, klang in seinen Ohren nach einem völlig normalen Leben. Sie hatte keine Feinde, keine Schulden, keine emotionalen Altlasten – es gab keinen Verdächtigen in ihrem Umkreis, der einen Nutzen aus ihrem Tod hätte ziehen können. Magnabosco zermarterte sich das Hirn, was er übersehen hatte.

Die Kameras der Klosteranlage hatten an jenem Novembermorgen nicht funktioniert, auch der Hausmeister konnte sich den technischen Defekt nicht erklären. Der Gärtner hatte angegeben, um diese Uhrzeit geschlafen zu haben. Zeugen gab es keine.

Gerichtsmediziner Gruber hatte Magnabosco versichert, dass die Tat in der Nähe des Wunderbrunnens stattgefunden haben musste. Etwa hundert Meter vor dem Brunnen unter dem Kreuzgang hatte man Spuren von Blut gefunden, das mit dem des Opfers übereinstimmte. Also musste der Mörder – oder war es eine Mörderin? – die Kraft aufgebracht haben, die bewusstlose oder gar schon tote Frau Tschurtschenthaler bis in den Wunderbrunnen zu schleifen. Ein Kraftakt, wenn man die körperliche Fülle der Toten berücksichtigte.

Die Mordwaffe, vermutlich eine Gartenharke oder ein ähnlich spitzes Gerät mit langem Stiel, hatte man nicht gefunden. Zwanzig Polizisten hatten das gesamte Kloster und die Umgebung danach abgesucht, sogar in den eiskalten Eisack waren sie gestiegen, doch die Tatwaffe blieb verschwunden. Genauso wie die Zunge der Toten. Was dieses Monster wohl damit angestellt hatte? Ob sie inzwischen im Magen einer streunenden Katze gelandet war – oder hatte der Mörder sie wie eine Trophäe aufbewahrt? Der Gedanke an diese menschlichen Abgründe, die sich da vor ihm auftaten, ließ Magnabosco schaudern.

Am liebsten hätte er alles an den Nagel gehängt und sich einen Job als Bibliothekar gesucht, auch wenn er mit Büchern eigentlich nichts anfangen konnte, oder sich zumindest wieder in die alte Abteilung versetzen lassen, wo er in Ruhe die Diebstahlsanzeigen aufnehmen konnte. Es war einfach nicht sein Ding: Mördern hinterherjagen, sie festnehmen, ihnen in die Augen sehen. Ihre Motive verstehen. Mit der Waffe auf sie zielen, im schlimmsten Falle sogar einer von ihnen werden. Magnabosco sehnte sich einfach nur nach Ruhe, Eintönigkeit und Abstand. Menschen waren seiner Meinung nach die schlimmsten Tiere auf dieser Erde. Gemein, berechnend, grausam und hinterhältig. Selbst hier im beschaulichen, idyllischen Südtirol.

Das Klingeln des Telefons ließ Magnabosco aus seinen Selbstzweifeln auffahren. Mit der Hand schlug er versehentlich gegen die Colaflasche, die er sich vorhin aus dem Kühlschrank geholt hatte. Sie ergoss sich in einem Schwall über die Tastatur seines PCs. Er fluchte ins Telefon und suchte hektisch nach einem Taschentuch.

Seine Assistentin Carmela Pasqualina antwortete mürrisch, sie habe ihm nichts getan und außerdem sei vermutlich tatsächlich gerade die Tatwaffe gefunden worden, nach der so lange gesucht worden war: Der Gärtner im Kloster Neustift hatte eine Harke gefunden, die er seit einiger Zeit vermisste. Da sie dreckig gewesen war, hatte er sie erst einmal gründlich gereinigt und sich erst danach an den mysteriösen Mord erinnert. Dann hatte er umgehend die Polizei von seinem Verdacht unterrichtet. Magnabosco konnte sein Pech nicht fassen und machte sich auf den Weg nach Vahrn.

Marlene Pittscheider

Marlene konnte kaum mit Anne Schritt halten. Schon so oft waren sie den kleinen Weg durch das Dorf Wolkenstein im Grödental gegangen, vorbei an ein paar Hotels und Residenzen, kleinen Geschäften, der Sportanlage sowie Schildern, die auf Wanderwege hinwiesen. Sie versuchte, einen Blick auf den imposanten, schwarzblauen Langkofel und die schneebedeckte Sellagruppe zu erhaschen. Da war Anne auch schon hundert Schritte vor ihr.

Nach einer Wegkrümmung war es nicht mehr weit, senkrecht baute sich vor den Frauen die gelblich-graue Steviawand auf. Marlene musste Anne nur noch durch den Schnee bis zur Wand folgen und einige Minuten über eisige Steine und den schneebedeckten Waldboden steigen. Dann konnte sie sie auch schon erkennen: die Burgruine Wolkenstein. Sie war einer der Rückzugsorte für Anne, die sie aufsuchte, wenn sie aufgewühlt war, ihr die Ideen fehlten oder sie einfach noch mehr Abstand von den Menschen brauchte. Oswald von Wolkensteins Burgen und Schlösser inspirierten sie zutiefst und ließen sie zur Ruhe kommen.

Selbst jetzt im Winter ließ Anne es sich nicht nehmen, in die Burgruine hineinzugehen und sich in die

Nische zu setzen, von der aus man den herrlichen Ausblick auf den Wald und die gegenüberliegenden Berge genießen konnte. Sie atmete tief und mit geschlossenen Augen die kalte Winterluft ein und blies dann ihren warmen, dampfenden Atem in die Mitte der kleinen Burganlage.

Marlene blieb still, schloss selbst einen Moment lang die Augen und stellte sich vor, wie Oswald von Wolkenstein hier seine Tage verbracht und gedichtet hatte, während Anne zu erzählen begann.

„Oswald war eines der sieben Kinder von Friedrich von Wolkenstein und Katharina von Villanders. Geboren wurde er auf Schöneck im Pustertal. Seine Kindheit hingegen verbrachte er auf der Trostburg, also oberhalb von Waidbruck. Friedrich und Katharina konnten natürlich nicht ständig ein Auge auf ihre vielen Sprösslinge haben. Und so begab es sich, dass Oswald vermutlich schon im zarten Kindesalter von sieben Jahren sein rechtes Auge verlor."

„Was ist damals passiert?", unterbrach Marlene sie.

„Beim Spiele mit anderen Kindern. Pfeil und Bogen, Jagen spielen, so waren sie eben, die lieben Kleinen. Ein Schuss ging vorbei oder traf haargenau das Auge des kleinen Oswald. Stell dir vor, was der Bub für einen Schmerz empfunden haben muss. Und wie oft er anschließend deshalb gehässig gehänselt wurde!"

„Grauenhaft, das arme Kind", bestätigte Marlene.

„Andere Stimmen wiederum behaupten, sein eigener Bruder habe ihm das Auge ausgestochen, als Oswald etwa dreißig Jahr alt war", erzählte Anne weiter und hauchte erneut ihren warmen Atem in die Burgruine.

Marlene fröstelte und rieb ihre Finger, die vor Kälte rot geworden waren. „Warum hätte er das tun sollen?"

„Er soll seiner Schwägerin, also der Frau des Bruders, Schmuck und Geld gestohlen haben."

„Aber dafür hätte man ihm seinerzeit doch eher die Hand abgehackt. War nicht das die übliche Strafe für Diebe?"

Anne hob ratlos die Hände und stand auf. „Wenn ich es nur wüsste, liebste Marlene. Es wurde auch behauptet, ein Falke habe ihm das Auge mit seinen Klauen ausgekratzt. Und vor etwa sieben Jahren will man herausgefunden haben, dass das Auge durch eine Krankheit geschlossen blieb. Weißt du, obwohl ich all seine Biografien gelesen und seine Lieder studiert habe, trägt der gute Oswald von Wolkenstein mir noch immer Rätsel auf. Wer weiß, vielleicht werden sie ja eines Tages gelüftet. Lass uns gehen, Marlene, du frierst ja, dass Gott erbarm. Was hältst du von einem Stück süßer Torte hier im schönen Wolkenstein? Und einer Tasse heißen Kaffees? Ich würd' so gern das Dörfchen und die Kirche besuchen, schon so lang war ich nicht mehr hier."

„Gerne, Anne", entgegnete Marlene und klopfte sich den Staub von ihren Hosen, bevor sie Anne durch den Schnee auf den sanft hügeligen Waldweg zurück ins Dorf Wolkenstein folgte.

Andreas Schmalzl

Schmalzl knallte die Tür zu seinem Büro hinter sich zu und drehte den Schlüssel mehrfach um. Keinen, aber auch gar keinen Menschen wollte er in den nächsten Stunden zu Gesicht bekommen. Es war die Höhe, er konnte nicht fassen, was sein Vorgesetzter ihm nach all diesen Jahren als Kulturredakteur zumutete.

Schmalzls vier Wände mit all den Büchern über die Kultur des Landes schienen ihn zornig und enttäuscht anzustarren. Er kniff die Augen zusammen und legte den Kopf in seine kalten Hände. Dann vergoss er drei bittere Tränen, bevor er wütend einen Artikel zu den letzten angeblichen Erkenntnissen im Mordfall von Kloster Neustift in die Tasten schlug. Man hatte ihm doch tatsächlich die Aufgabe gegeben, diesen grausamen Mord und die Verwüstung seiner geliebten Denkmäler zu verfolgen. Welch eine Ironie, welch ein Gräuel, erinnerte er sich an die Worte seiner Freundin Anne Marschall – wenn er sie denn so bezeichnen durfte.

Ekelfund in der Pfarrei Maria Himmelfahrt in Wolkenstein

Eine Gemeinde steht unter Schock: Am gestrigen Sonntag wurde auf dem Altar der Kirche Maria Hilf, die sich im Grödner Ort Wolkenstein befindet, eine abgetrennte Zunge gefunden. Entdeckt hat sie der fünfzehnjährige Ministrant Manuel, seine Worte: „So etwas Grausiges habe ich noch nie gesehen! Ich bin direkt zum Pfarrer gerannt und habe ihm die Zunge gezeigt."

Die Spurensicherung der Staatspolizei hat innerhalb weniger Stunden bestätigt, dass es sich um eine menschliche Zunge handelt und nicht, wie zunächst angenommen, um eine Zunge tierischer Herkunft. Es war also kein schlechter Dummejungenstreich. Hat dieser Fund etwas mit dem Mordopfer zu tun, das vor wenigen Wochen im Wunderbrunnen des Klosters Neustift gefunden wurde?

Die Polizei hat den Pfarrer und den Ministranten sowie die Bewohner der näheren Umgebung befragt, die aber keine Hinweise zum Fundstück geben konnten.

Wir bleiben dran – Ihr Andreas Schmalzl von der Eisacktaler Presse.

Filippo Magnabosco

Magnabosco saß im Besprechungsraum der Bozner Quästur und starrte aus dem Fenster auf die baufälligen Wände des Zellentrakts, der sich direkt gegenüber dem Hauptgebäude der Staatspolizei befand. Verdächtige in Untersuchungshaft, Diebe, Mörder, Vergewaltiger, Huren, Einbrecher – der Bozner Sumpf auf wenige tausend Quadratmeter konzentriert. Wenn man sie doch nur alle fassen könnte, dachte Magnabosco, wenn wir das Leben hier in der Stadt doch nur ein wenig sicherer machen könnten. Und nun morden sie sogar schon in Brixen, der sonst so beschaulichen, altertümlichen, noblen Kleinstadt im Norden.

Direkt auf der anderen Straßenseite saßen diejenigen ein, die man bereits dingfest gemacht hatte. Hinter dem Hauptsitz der Carabinieri in der Dantestraße befand sich das Gefängnis, das auf die Bozner Talferwiesen ging. Hinter den Gittern das Verbrechen, unter seinen Fenstern die harmlosen Hundebesitzer mit ihren edlen Handtaschenwauwaus, gemischt mit Pennern, Taschendieben und Drogendealern aus aller Herren Länder. Verbrecher, die aus ihren Fenstern den schönen Boznerinnen „Ciao bella!“ hinterherriefen, als befänden sie sich mitten auf dem Waltherplatz und nicht in lebenslanger Haft.

Er sah auf die Uhr, es war kurz vor acht Uhr morgens. Die Besprechung war auf acht Uhr fünfzehn anberaumt, er hatte also noch Zeit für einen schnellen Kaffee am Automaten im unteren Stock. Gerade als er die klemmende Tür öffnen wollte, wurde diese mit einem heftigen Ruck aufgestoßen und traf Magnaboscos Nasenbein. Ein heftiger Schmerz durchfuhr erst seine Nase, dann seinen gesamten Kopf. Er taumelte zurück und stieß gegen den Tisch, fühlte nach seiner Nase und schmeckte Blut.

Seine Assistentin Carmela, die frühzeitig mit einem Stapel Akten und ihrem Laptop zur Besprechung aufgetaucht war, erschrak zu Tode und versuchte, mit einem Taschentuch das tropfende Blut aufzufangen.

„O mio dio, Capo", rief sie, „es tut mir so leid! Sie müssen nach Pronto Soccorso, Ihre Nase ist totalmente kaputt!"

*

Magnabosco saß seit einer Stunde in der Notaufnahme des Bozner Krankenhauses zwischen fiebrigen Patienten und gebrochenen Unterschenkeln, als sein Handy klingelte. Es war Gruber von der Gerichtsmedizin.

„Ja?", antwortete Magnabosco gequält.

„Magnabosco, warum näseln Sie denn so? Hat Sie die Grippe etwa auch erwischt?"

„Nein, ich habe mir die Nase gebrochen", erklärte er und hielt sich dabei die Stirn, um das Gesicht so wenig wie möglich zu bewegen. Die Schmerzen waren höllisch.

„Oh, das tut mir leid. Wenn ich Ihnen irgendwie helfen kann …"

„Nein, danke. Lassen Sie es gut sein. Was gibt's?"

„Ich hätte Neuigkeiten für Sie wegen der toten Tschurtschenthalerin. Würden Sie später vorbeikommen?"

Magnabosco sah auf die Nummernanzeige der Notaufnahme. „Ich muss noch gefühlte vierzig Patienten lang warten."

„Kommen Sie runter, Magnabosco. Eine gebrochene Nase kann ich auch richten. Und ich habe hervorragende Mittelchen hier, die Sie in Nullkommanichts ins Nirwana katapultieren werden."

Magnabosco konnte seiner makabren Einladung nicht widerstehen, steckte sein Nummernzettelchen in die Hosentasche und fuhr hinunter in den Keller, wo die Patienten, denen nicht mehr geholfen werden konnte, lagen. Der Gerichtsmediziner nahm ihn in Empfang und betrachtete sein blutunterlaufenes Gesicht.

„Wer hat Ihnen denn den Dämpfer verpasst? Haben Sie sich um die *Gazzetta dello Sport* geprügelt?"

Magnabosco lachte nicht und erzählte von seinem Zusammenprall mit seiner Assistentin.

„Wollen Sie sich hinlegen?", fragte Gruber und deutete auf eine leere Liege, auf der sonst die frischen Leichname aufgebahrt wurden.

„Muss ich etwa sterben?", fragte Magnabosco halb entsetzt, halb im Spaß.

„Selbstverständlich, das müssen wir alle. Aber nicht hier und heute. Setzen Sie sich und nehmen Sie diese beiden Schätzchen hier“, wobei er ihm zwei Tabletten und ein Glas Wasser reichte.

Selbst das Trinken bereitete Magnabosco Höllenqualen.

„Wenn ich bei drei bin, tief ausatmen. Hier ist ein Tuch, damit Sie mir nicht den Raum mit Lebendblut kontaminieren.“

Magnabosco wurde übel, kalter Schweiß lief ihm den Rücken runter.

„… drei.“ Da hatte der Gerichtsmediziner auch schon das Nasenbein gerichtet.

Magnabosco wurde schwarz vor Augen.

*

Er erwachte liegend mit einem feuchten, kalten Tuch auf der Stirn und sah sich um. Gruber beugte sich über ihn und gab ihm die Hand, damit er sich von der eiskalten Liege aufrichten konnte. Magnabosco spürte keine Schmerzen mehr, nur noch ein leichtes Pochen unter beiden Augen.

„Grandios, Magnabosco. Sie sind vom Stuhl gekippt und haben mein gesamtes steriles Besteck mitgenommen. Ich musste Sie mit dem Kollegen auf die Bahre hieven. Arbeiten Sie bitte an Ihrem Übergewicht. Während Sie hier Ihr Nickerchen gehalten haben …“

„… haben Sie mich obduziert“, ergänzte Magnabosco grinsend. Sogar gegen die schlechte Laune hatten die Tabletten geholfen. Er wollte unbedingt mehr davon.

„Ich war kurz davor, aber dann haben Sie schon wieder gezuckt. Nein, ich habe alles reinigen müssen. Wie dem auch sei: Sie waren eigentlich wegen der Zunge hier."

Magnabosco musste sich zügeln, dem Gerichtsmediziner nicht die Zunge herauszustrecken.

„Sie gehört zur Leiche, die in Neustift gefunden wurde, die DNS beweist es eindeutig. Sie wurde übrigens nicht herausgeschnitten, sondern herausgerissen. Schauen Sie mal hier, Commissario", er winkte Magnabosco zu seinem Computer und zeigte auf ein Bild, das eine Art Eisenzange mit einer Schraube zeigte.

„Was soll das sein?"

„Eine Zungenschere, die man im Mittelalter benutzt hat. Die Zunge wird mit den beiden Greifern gehalten, dann wird zugedreht und im Nu ist die Zunge heraußen. Geht einfacher, als man denkt."

Magnabosco bewegte sofort seine Zunge und versuchte, sich die Schmerzen vorzustellen, die dabei entstehen mussten.

„Auf welches Verbrechen stand damals diese Strafe?"

„Das Motiv müssen Sie schon selbst herausfinden, aber ich kann Ihnen nun versichern, dass es passiert ist, bevor Frau Tschurtschenthaler gestorben ist. Sie hat in ihren letzten Stunden ganz schön was mitgemacht."

„Ist sie nicht an dem Schlag auf den Kopf gestorben?"

„Den hat man ihr vermutlich anschließend verpasst. Erst wurde sie gequält, dann erschlagen."

Magnabosco blieb stumm und dachte, dass sich die Menschen seit dem Mittelalter wohl keinen Deut gebessert hatten. Anscheinend waren die alten Methoden noch immer modern.

„Übrigens", fuhr Gruber fort, „ich habe das hier in der Wunde im Kopf gefunden."

In einer kleinen Schüssel aus Edelstahl zeigte ihm der Gerichtsmediziner ein winziges abgerissenes Stück Papier.

„Ich habe es untersucht, es ist ein Stück leichter Karton. So wie von einer Grußkarte. Es wurde richtig in die Wunde des Hinterkopfs hineingedreht. Kurios, nicht?"

„Stand etwas darauf?"

„Nein, es dürfte eher von einem Foto stammen. Entweder alt oder auf alt getrimmt. Sepiafarben."

„Danke, Onkel Doktor", sagte Magnabosco und freute sich zum ersten Mal, seitdem seine Ermittlungen zu dem Fall begonnen hatten.

Der Gerichtsmediziner gab ihm die Hand und überreichte ihm eine Pillenschachtel. „Gute Besserung!"

Beschwingt pfeifend und mit zwei Wattepfropfen in den Nasenlöchern verließ Magnabosco das Bozner Krankenhaus. Als er in den Winternebel hinaustrat, trällerte er leise: *„O sole mio."*

Anne Marschall

Anne schwebte vor Leichtigkeit. Ihr Weg führte sie am Eisack entlang ins zwei Kilometer entfernte Kloster Neustift, wo sie sich mit Andreas Schmalzl zu einem weiteren Mittagessen verabredet hatte. Es machte ihr heute nichts aus hinauszugehen, sie fühlte sich unbeschwert. Eine große, braune Sonnenbrille verdeckte ihre Augen, außerdem trug sie einen bordeauxroten Hut, mit dem niemand sie erkennen würde.

Es war ein kalter, klarer Wintermorgen, sie streckte ihr Gesicht in die Sonne, sog die Wärme auf, die dieser Dezember zu bieten hatte. Das schlechte Wetter war vorbei, der Himmel war nun strahlend blau, da war keine einzige Wolke zu sehen, nicht einmal in weiter Ferne. Die Plose reckte ihren weißen, breiten Gipfel in das tiefe Azurblau des Himmels.

Anne genoss den Anblick ein paar Minuten lang und ging dann beschwingt weiter, an den kahlen Apfelbäumen und der kleinen Sportanlage vorbei. Ein paar Spaziergänger mit Hunden querten ihren Weg, sie beachteten sie nicht.

Schmalzl war noch nicht angekommen, der Innenhof der Klosteranlage lag verwaist da. Das Restaurant würde in einer halben Stunde öffnen, er hatte einen

Tisch reserviert. Anne ging weiter bis zum Eingang der Stiftskirche, in der man vor langer Zeit ein Grab mit menschlichen Überresten gefunden hatte, die vermutlich Oswald von Wolkenstein gehörten.

Sie verweilte einige Minuten in der barocken Kirche, blieb ganz still, dann plötzlich begann ihr Körper zu beben und sie konnte sich nicht mehr halten: Sie brach in schallendes Gelächter aus, das durch die gesamte Kirche hallte. Ihr war, als würden die pausbackigen Engel, die das rosarote Kirchengewölbe ausfüllten, mit ihr kichern.

Eine Touristin, die das Gotteshaus besichtigen wollte, schloss schnell wieder das Tor. Die tanzende, verrückt lachende Frau schien ihr ganz und gar nicht geheuer.

Anne hatte in ihrem Freudentaumel nicht bemerkt, dass Schmalzl in die Kirche gekommen war und sie verwundert beobachtete.

„Anne, was tun Sie denn da?", rief Schmalzl bestürzt.

Anne zuckte zusammen und hörte augenblicklich auf zu lachen.

„André, du meine Güte, habt Ihr mich erschreckt." Sie gab ihm ihre Hand, die noch in einem schwarzen Lederhandschuh steckte. Anne hoffte, dass Schmalzl sie nicht gehört hatte.

Er deutete einen Handkuss an. „Lassen Sie uns essen gehen, Anne. Ich brauche Ihren mittelalterlichen Rat."

„Oh, sehr gerne, wenn ich helfen kann, will ich's denn auch versuchen." Anne hakte sich bei ihm unter.

Gemeinsam verließen sie die Kirche, die man einst als die Vorhalle zum Paradies bezeichnet hatte. Sie gluckste noch einmal vergnügt und war sich sicher, dass der einäugige Herr nun sehr zufrieden mit ihr sein musste.

*

„Nun, André, was bedrückt Euch? Mit welchem Rat darf ich Euch dienen?“, fragte Anne und schob sich ein Salatblatt in den Mund.

„Dieser Mord hier in Neustift. Ich wurde von der Zeitung beauftragt, ihn zu verfolgen und die Leser auf den neuesten Stand zu bringen. Ich habe erfahren, dass man dem Opfer die Zunge nicht herausgeschnitten, sondern mit einer Zungenschere herausgerissen hat.“

„Mein Gott, wie abscheulich! Wer tut denn so etwas?“ Anne schüttelte sich und stach mit der Gabel in eine Tomate.

„Ich weiß es nicht, Anne. Das muss die Polizei herausfinden. Mich interessiert vielmehr: Warum die Folter mit diesem uralten Instrument? Was kann dahinterstecken? Sie als Mittelalterexpertin haben da vielleicht eine Idee.“

„Nun“, begann Anne und schloss ihr sonst so waches offenes Auge. „Es begab sich zu jener Zeit, dass den Gotteslästerern die Zunge herausgeschnitten wurde. Oder dem, der falsches Zeugnis abgelegt hatte. Man wollte damit die Schuldigen mundtot machen.“

„Ich verstehe. Ein Geständnis konnte man mit dieser Art der Folter keinem entlocken.“

„Nein, aber man konnte dafür sorgen, dass diese Personen nie wieder den Mund auftaten."

Nach diesen Worten spießte Anne ein Stück Gurke auf und aß es genüsslich, so als würde ihr dieses Thema plötzlich allzu gut behagen.

„Danke, Anne. Dann hoffen wir mal, dass ich mich bald wieder um Kunst und Kultur kümmern darf und dieser grausame Mord von der Polizei aufgeklärt wird. Ich bin nicht für die schwarze Chronik geschaffen."

„Im Mittelalter war dies eine der gängigen Foltermethoden. Vielleicht wäre sie heute bei all diesen Lügnern und dem scheinheiligen Gesinde doch noch recht angebracht, findet Ihr nicht?" Gedankenverloren begann Anne, auf einem Stück Putenfleisch herumzukauen. Immer wieder verengte sich der Blick ihres Auges, als dächte sie angestrengt an längst vergangene Zeiten.

„Warum haben Sie vorhin so laut in der Kirche gelacht, Anne?"

Anne schluckte und starrte Andreas an. „Ich habe nicht gelacht. Wovon sprecht Ihr, Zeitungsmann?"

„Vor dem Essen in der Stiftskirche, Anne. Sie standen mitten im Kirchenschiff und haben lauthals gelacht, so als hätten Sie gerade die Komödie Ihres Lebens gesehen."

„Ich weiß nicht, wovon Ihr sprecht, André. Wollt Ihr mich auf den Arm nehmen?"

„Anne, wollen Sie mich auf den Arm nehmen? Ihr Lachen war bis draußen zu hören. Was hat Sie so belustigt? Sie können es mir doch sagen."

Mit einem Satz sprang Anne auf, legte einen Fünfzigeuroschein auf den Tisch und setzte ihre große, dunkle Brille und ihren Hut wieder auf. Sie verließ das Lokal. Andreas' Rufe beachtete sie nicht.

Anne rannte am Ufer des Flusses entlang bis nach Hause. Erst als sie die kaputte Haustür in der Unterdrittelgasse hinter sich schloss, begann ihr Atem sich zu beruhigen.

„Grüß Gott, Mutter", murmelte sie leise und ging durch das Chaos der Wohnung, in der ihre Mutter gelebt hatte. Sie ging in die kleine Küche und schob den Teppich beiseite, der den Zugang zu einem winzigen Keller verdeckte. Sie stieg die fünf kleinen Stufen hinunter und griff nach einer eisernen Zange mit einer rostigen Schraube.

Filippo Magnabosco

Der Duft ihrer Haare weckte Magnabosco an diesem verschneiten Januarmorgen. Durch das halb offene Fenster hörte er die Autos, die sich durch den Schneematsch in der Pfarrhofstraße quälten. Schnee bedeutete in Bozen heftiges Verkehrschaos, Stau und Unfälle. Ausgerechnet heute sollte Magnabosco seinen Wagen in die Werkstatt bringen.

Er strich Clara sanft über das braune Haar und brummte etwas, was wie „Guten Morgen“ klingen sollte. Sie schien noch zu schlafen, also schloss auch er noch einmal die Augen und dachte an früher, als sie noch glücklich gewesen waren. Dann hörte er ihr Schniefen und sah, wie sie sich verstohlen über die Wangen fuhr.

„Warum weinst du?“

„Ich bin schwanger und deprimiert, ist das nicht Grund genug?“, entgegnete Clara mit erstickter Stimme.

„Clara, du willst doch gar nicht mehr bei mir sein. Ich halte dich nicht auf, du kannst gehen. Oder bleib, ganz wie du möchtest. Ich werde dich zu nichts zwingen, aber entscheide dich bitte.“

„Ich will nicht von dir weg. Ich will einfach nur meine Ruhe. Ich will in Ruhe weinen.“

„Wenn man miteinander lebt und bald ein gemeinsames Kind hat, kann man sich nicht gegenseitig in Ruhe lassen. Das funktioniert nicht."

Sie nickte und vergrub ihren Kopf erneut unter der Decke.

Magnabosco stand auf. Als er sich noch einmal umdrehte, war nur noch Claras rechter Fuß zu sehen. Sie war eine Meisterin darin, sich selbst und ihre Gedanken vor den anderen zu verstecken. Er streckte sich und verzog sich ins Badezimmer.

Keine drei Minuten später, Magnabosco studierte gerade ein zerfleddertes *Donald-Duck*-Heftchen, streckte Clara ihre Hand durch die Badtür und reichte ihm sein Diensthandy. Er musste noch einmal in der Bozner Quästur vorbeischauen, bevor er ein weiteres Mal in die Wohnung der ermordeten Frau Tschurtschenthaler gehen würde. Der Staatsanwalt erwartete seinen Bericht über den neuesten Stand der Ermittlungen. Als ob er ihm irgendetwas zu erzählen hätte, dachte Magnabosco, nachdem er aufgelegt hatte.

*

Magnabosco verschob den Werkstattbesuch und nahm den nächsten Bus, der ihn in die Stadtmitte und zur Quästur bringen sollte. An der Haltestelle stand ein Dutzend anderer Fahrgäste, die die den laut Fahrplan schon vierzig Minuten verspäteten Bus erwarteten. Ihre grauen Gesichter starrten ausdruckslos auf die Straße. Nur ein kleines Kind freute sich am Schnee und versuchte, mit der Zunge die einzelnen Flocken aufzufangen. Die Autos fuhren im Schneckentempo an ihnen vorbei und ließen ein Gemisch aus Wasser, Straßendreck und Schnee aufspritzen. Magnabosco zog sich die Kapuze auf den Kopf und ärgerte sich maßlos darüber, dass er seine Handschuhe auf der Kommode hatte liegen lassen.

Fünfzehn Minuten später kam der orangerote Bus vorgefahren, spuckte sieben Passagiere aus und ließ etwa zwanzig einsteigen. Der Geruch nasser Kleidung, kalten Schweißes, gemischt mit Curry und Knoblauch, schlug Magnabosco entgegen, als er sich auf den letzten freien Platz setzte.

An der nächsten Haltestelle stiegen weitere Personen zu. Eine Dame, sie mochte seiner Einschätzung nach etwa siebzig Jahre alt sein, kam mit bitterer Miene auf ihn zu und stellte ihren Gehstock entschieden auf seinen rechten Schuh. Unerbittlich verlagerte sie ihr Körpergewicht auf seinen mittleren Zeh. Magnaboscos Versuche, sich von der Last zu befreien, blieben erfolglos.

„Würden Sie bitte Ihren Stock von meinem Fuß nehmen?“, fragte er freundlich, während ein kleines Kind gegen seinen Arm stieß und mit offenem Mund nieste.

„Würden Sie bitte aufstehen und mir diesen Platz überlassen?“, krächzte die Frau und sah ihn noch mürrischer an als vorher. Ihre Augen blitzen hinter einer großen, roten Designerbrille hervor. Das Kind hustete und rotzte und wischte seine Händchen an Magnaboscos Mantelärmel ab.

„Das würde ich ja, aber dafür müssten Sie erst einmal meinen Fuß freigeben.“

„Nach zweiundvierzig Arbeitsjahren im öffentlichen Dienst werde ich wohl zumindest ein Anrecht auf einen Sitzplatz in diesem Bus haben, oder nicht?“, keifte sie.

„Selbstverständlich“, versuchte Magnabosco die Dame in ihrem unförmigen Steppmantel zu beruhigen, „aber dafür müssten Sie Ihren Stock …“

„Haben Sie nun auch noch etwas gegen meinen Stock einzuwenden? Wissen Sie eigentlich, was das für eine Rennerei war, um endlich meine Zivilinvalidität anerkannt zu bekommen?“

„Gute Frau, ich will Ihnen doch nur den Platz frei machen. Aber Sie stützen sich genau auf meinem Zeh ab, daher kann ich nicht aufstehen.“

„Als ob Sie wüssten, was echte Schmerzen sind! Jaja, typisch Staatsbeamte, immer einen Grund, um sich ein paar Wochen Krankenstand zu nehmen.“

„Woher wollen Sie denn wissen, dass ich ein Staatsbeamter bin?“

„Ha, das sieht man Ihnen doch an, Sie Zivilbulle! Auf hundert Meter gegen den Wind erkenne ich, dass Sie hier vergeblich versuchen, für Recht und Ordnung zu sorgen.“

Magnabosco rieb sich die Stirn und wusste nicht, ob er über die Äußerungen der zornigen alten Dame lachen oder sich aufregen sollte. Die Augen des gesamten Busses waren auf ihn gerichtet.

Magnabosco entschied sich dafür, nicht sauer zu sein. Er nahm sanft den Stock der alten Dame und zwang ihn neben seinen Turnschuh. Dann stand er auf und nickte ihr zu.

*

Einige Stunden später, nachdem er den Staatsanwalt dürftig beschwichtigt und eine lange, schneereiche Reise nach Brixen unternommen hatte, betrat Magnabosco zum fünften Mal die Wohnung der toten Frau Tschurtschenthaler. Seine Assistentin Carmela folgte ihm und sah ihn fragend an.

„Wir haben diese Wohnung auf die Füße gestellt, Capo. Was wollen wir noch hier?"

„Auf den Kopf gestellt. Wir haben irgendetwas übersehen, Carmela. Non so che cos'è, ma lo troveremo. Wir müssen es einfach finden."

„Diese Frau hatte eine stinkenormale Leben, Capo. Wir müssen woanders suchen."

„In ihrer Vergangenheit vielleicht. Wir fangen noch mal mit ihren Erinnerungen an. Wo sind ihre Briefe und Fotoalben?"

„Im Wohnzimmer. Hier, schauen Sie, Capo."

Magnabosco und Carmela ließen sich auf dem Sofa nieder und durchstöberten die Vergangenheit des Mordopfers. Sie fingen mit den Alben an. Hochzeitsbilder, Familienfotos, Urlaub in Frankreich und Rimini. Fotos von einem neuen Auto und einem stolzen Ehemann. Kinder, die beim Sport Medaillen gewannen.

„Geben Sie mir das nächste Album, Carmela."

Es war älter und dünner als die anderen Alben. Die Schulzeit der Elfriede Tschurtschenthaler. Fotos mit ihren Freundinnen, Klassenausflüge, Bilder, die auf der Treppe des Schülerheims Neustift entstanden waren. Alle sahen fröhlich aus, bis auf ein Mädchen, das Magnaboscos Aufmerksamkeit auf sich zog. Es war nicht auf jedem Bild zu sehen, gehörte wohl nicht zu Tschurtschenthalers engerem Freundeskreis.

„Schauen Sie mal, Carmela, das Mädchen hier. Wie traurig es überall dreinschaut. Wir fangen bei ihr hier an. Wir müssen herausfinden, wer das ist", sagte Magnabosco.

Als er auf der letzten Seite angekommen war und das Buch gerade zuklappen wollte, fielen vor Magnabosco einige Karten zu Boden. Die Lasche, in der sie gesteckt waren, hatten sie vorher nie beachtet. Carmela hob sie auf und reichte ihm eine davon.

Es war eine Einladung zum dreißigjährigen Klassenjubiläum. Es würde in einigen Monaten im Kloster Neustift stattfinden, mit großem Abendessen und musikalischer Begleitung durch den gesamten Abend. Auf der linken Seite befand sich ein sepiafarbenes Foto der gesamten Klasse.

„Damit wäre das Foto dann wohl komplett", grinste Magnabosco und drückte seiner überraschten Assistentin einen Kuss auf die Stirn.

Anne Marschall

„Vor diesen Tierschädeln habe ich mich schon das letzte Mal gegruselt", flüsterte Marlene Anne zu, als sie mit einer Gruppe von etwa zwanzig Touristen das Schloss Rodenegg im Eisacktal betraten. Tatsächlich hingen drei Tierschädel über der Eingangspforte der mittelalterlichen Burg, die inzwischen zwei Adelsfamilien gehörte: den Herren von Thurn und Taxis und dem Grafen von Wolkenstein, einem weit entfernten Nachfahren Oswalds von Wolkenstein. Marlene schlang sich die Arme um den Leib, als würde sie sich vor der Januarkälte schützen wollen.

„Sieh nicht so genau hin, liebste Marlene", mahnte Anne, „das letzte Mal, als wir hier waren, haben mich in der Nacht darauf schlimme Albträume heimgesucht. Und diese drei verkümmerten Fratzen waren darin noch die harmlosesten Figuren."

Anne und Marlene gingen der Gruppe hinterher, die sich gerade von der Museumsführerin die Küche, den Brunnen, die Kapelle und das Hochzeitszimmer erklären ließ. Besonders beeindruckt waren die Touristen natürlich von den Fresken des Iwein, die zu Beginn des 13. Jahrhunderts entstanden sein mussten. Iwein war einer der Ritter der Tafelrunde, erklärte die junge

Frau den erstaunten Besuchern. Alle Szenen wurden einzeln erläutert und setzten sich zu einer spannenden Geschichte zusammen.

„Was wollen wir eigentlich hier?“, fragte Marlene leise. „Wir sind doch erst im Herbst hier gewesen.“ Unruhig trippelte sie mit den Füßen, die in dicken, braunen Stiefeln steckten.

„Ich möchte in die Waffenkammer“, erklärte Anne, der die Kälte nichts auszumachen schien. „Ich suche nach Inspiration für die nächste Szene im Roman.“

„Du hast doch gerade erst die Folter der Gotteslästerin beschrieben. Ist es nicht zu früh für ein neues Opfer?“, erkundigte Marlene sich. Sie kannte bereits jede Szene des Romans, an dem Anne gerade arbeitete.

Gemeinsam mit den anderen Besuchern wurden sie in den Schlossgarten entlassen. In den letzten Tagen hatte es geschneit und die Aussicht auf das weiß gezuckerte Eisacktal war bezaubernd.

„Ich werde die Seiten zwischen den Folterungen schon füllen, mach dir keine Sorgen, Liebes. Ich darf nur meinen Schreibfluss nicht unterbrechen, das wäre fatal für das Buch. Ein wenig drauflosmorden schadet nicht, für Ordnung sorge ich dann später.“

Anne wandte sich ab und trat in einen der kleinen Gärten, die sich direkt auf der schroffen Felsnase befanden, auf der man die Wehrburg Rodenegg im 12. Jahrhundert erbaut hatte.

Die Gruppe wurde wieder ins Burginnere geführt. Anne war aufgeregt, als sie endlich in die Waffenkammer gelangten. Der Stammbaum des Adelsgeschlechts

Wolkenstein zierte die linke Wand der Kammer. Auf der rechten Seite wurden Waffen und Rüstungen ausgestellt. Eine kleine Treppe führte hinauf auf eine schmale Galerie. Hier wurde zu jener Zeit gerichtet, hier entschied man über Strafe oder ließ Gnade walten. Überall hingen und standen Speere, Barten und Schwerter in rostbrauner Farbe.

Die Museumsführerin bat die Kinder vor, sie durften sich an den Schwertern üben und die Helme aufsetzen. Als Marlene einer neugierigen Frau Platz machen wollte und einen Schritt nach hinten trat, stieß sie gegen einen Gegenstand. Sie erschrak und nahm ihn vom Boden auf.

„Verzeihung", bat sie die Führerin, „das lag zwischen meinen Füßen. Ich hoffe, ich habe das Ding nicht beschädigt."

„Oh, das Stück hatten wir schon vermisst. Wo haben Sie es denn gefunden?"

„Ich bin fast draufgetreten, tut mir wirklich leid. Es lag hier am Boden."

Die junge Frau nahm es ihr ab und ließ es zwischen den Gästen herumgehen, schließlich waren alle neugierig, wie man im Mittelalter mit Lügnern und Gotteslästerern umgesprungen war.

„Ihnen wurde die Zunge mit der Zange zusammengepresst und dann herausgerissen", erklärte sie. Ein angewidertes Gemurmel ging durch die Gruppe.

*

Der Besuch des Schlosses neigte sich dem Ende zu. Anne und Marlene verließen das alte Gebäude und setzten sich in das nahe Restaurant, um einen heißen Kaffee zu trinken und sich aufzuwärmen.

„Jetzt haben wir die Story vom Lauterfresser verpasst", ärgerte Marlene sich.

„Soll ich sie dir erzählen?" Ohne den Lauterfresser, der in das enge Verlies gesperrt worden war, war ein Besuch der Burg nur halb so viel wert.

Marlene nickte.

„... der arme Perger. Gehänselt hat man ihn, weil er wegen seiner fehlenden Zähne keine feste Nahrung essen konnte. Eingesperrt hat man ihn, weil er lesen und schreiben konnte. Und zu guter Letzt hat man ihn als Hexer verschrien und verbrannt", schloss Anne, nachdem sie die Geschichte des eigentlich gebildeten Mannes aus dem Mittelalter ausführlich erzählt hatte.

„Gut, dass diese Zeiten vorbei sind", sagte Marlene.

„Obwohl so mancher auch heute noch eine gerechtere Strafe verdient hätte", endete Anne.

Dann verlor sich ihr Blick.

Andreas Schmalzl

Zwar war Schmalzl immer noch wütend über seine neue Aufgabe in der Redaktion der *Eisacktaler Presse*, doch es war schon immer sein Talent gewesen, aus der Not eine Tugend zu machen. Mit Eifer stürzte er sich nun in die Geschichte seiner Heimatstadt Brixen und versuchte, so viele Informationen wie nur möglich darüber zu finden, wie es im Mittelalter hier zugegangen sein mag.

Immer wieder stieß er dabei auf Oswald von Wolkenstein, den Minnesänger, den Anne Marschall so sehr verehrte. Im Kreuzgang des Brixner Doms hatte dieser die Christophoruskapelle gestiftet und sie später mit *„eynem ewigen liecht das man all nacht zinden sol mit andern ewigen liechten“*[1] aufgerüstet. Kein Wunder, dachte Schmalzl, dass Anne ständig den Kreuzgang besichtigte. Hier musste sie sich ihrem Idol wahrlich nahe fühlen.

Schmalzl fand außerdem heraus, dass Brixen im Mittelalter immer wieder von Katastrophen heimgesucht wurde: Angeblich wurde die Stadt am Karsams-

1 Aus: Leo Andergassen, *Der Dom zu Brixen. Geschichte, Raum Kunst*, Bozen 2009, S. 309.

tag 1174 von einer Feuersbrunst niedergebrannt. Auch in der Karwoche im Jahr 1444 brach ein Feuer aus, das die gesamte Stadt samt der Runggadgasse betraf. Dann kamen die Seuchen wie im restlichen Europa: die Lepra im 13., die Pest im 14. Jahrhundert.

Im 15. Jahrhundert begann in der Bischofsstadt der Hexenwahn. Ein Dominikanermönch ließ dem amtierenden Bischof ein Schreiben zukommen, damit endlich das angebliche Hexentreiben bekämpft würde. Von Häresie, Abfall vom Glauben, Geschlechtsverkehr mit dem Teufel und Zauberei war die Rede. Der Bischof jedoch erhob Einspruch gegen derartige Vorwürfe und nach einem gescheiterten Prozess musste der Dominikanermönch das Land verlassen.

Schmalzl schloss den Browser und überflog noch einige Seiten der Brixner Stadtchronik, dann legte er seine Lesebrille ab, lehnte sich in seinem schwarzen Ledersessel zurück, rieb sich das Nasenbein und dachte an Anne. Sie hatte seit jenem seltsamen Mittagessen im Stiftskeller zu Neustift nichts mehr von sich hören lassen.

Er ließ auch noch einmal Revue passieren, was vor dem Essen geschehen war. Welch kurioser Anblick sich ihm geboten hatte, als Anne da in der rosaroten Stiftskirche lachte und einen irren Tanz aufführte. Sie war nicht die Anne gewesen, die er zu kennen glaubte. Sie hatte sogar ihren Hut verloren und ihn, auf einem Bein stehend, wieder aufgehoben. Dieses irre, schrille Gelächter, als wäre sie von allen guten Geistern verlassen. Es war nicht das Lachen einer Betrunkenen oder einer

Person im Drogenrausch, sondern das einer Geistesgestörten gewesen, wie man es nur aus schlechten Horrorfilmen kannte. Wie viele Personen versteckten sich hinter dieser Schriftstellerin, fragte er sich und trank einen Schluck Kaffee aus seiner stets gefüllten Tasse. Er war kalt geworden.

Filippo Magnabosco

Ersilia Ingeburt Giaccaleones Haus befand sich mitten in den engen Gassen der Klausner Altstadt. Sie war die ehemalige Lehrerin des Opfers und konnte hoffentlich dafür sorgen, dass die Ermittlungen nun endlich etwas in Fahrt kamen.

Magnabosco betätigte den Klingelknopf. Erst rührte sich nichts. Er klingelte noch einmal und klopfte dann an die hölzerne Haustür. Nun wurde die Stimme einer alten Dame laut.

„Ich komme ja schon, Iacopo, non fare tutto quel casino. Hast du an die Artischocken gedacht? Und an meine Herztabletten?" Nacheinander drehte sie die drei Schlösser ihrer Wohnungstür um.

Magnabosco streckte der fünfundachtzigjährigen, sichtlich verwirrten Frau seine Polizeimarke entgegen.

„O mio dio, was ist passiert? Was hat der Junge schon wieder angestellt?", rief sie und starrte Carmela und Magnabosco erschrocken an.

„Welcher Junge, Signora? Verzeihen Sie, ich bin Filippo Magnabosco von der Mordkommission, das ist meine Kollegin Carmela Pasqualina. Wir sind nur hier, um Ihnen ein paar Fragen zu stellen. Dürfen wir eintreten?"

Die Wohnung der Ersilia Ingeburt Giaccaleone glich einem Museum, das die letzten sieben Jahrzehnte zur Schau stellen wollte. Im Eingangsbereich neben einer Biedermeierkommode befand sich eine Jukebox aus den Sechzigerjahren. An der Decke protzte ein Kronleuchter mit hängendem Glasperlenschmuck.

Magnabosco und Carmela folgten ihr in den Wohnbereich. Die alte Dame ließ sie an einem eichenen, runden Tisch mit sechs Plastikstühlen Platz nehmen, die sie vermutlich in einem schwedischen Möbelhaus erworben hatte. Eine traditionelle Tischdecke, die wohl im Sarntal gefertigt worden war, zierte den klobigen Esstisch.

„Was kann ich denn für euch tun?“, fragte sie die beiden Polizisten freundlich und kniff Carmela in die Wange, als wäre sie ihre Enkelin.

Magnabosco fiel auf, dass Frau Giaccaleone einen rosafarbenen und einen blauen Plüschpantoffel trug. Er versuchte, es zu ignorieren, und bat die Dame, sich ebenfalls zu setzen.

„Wartet einen Moment, ich hole nur eben den Kaffee. Ihr trinkt doch auch einen, oder?“

Sie nickten artig, um die alte Dame nicht noch mehr zu verwirren.

Als Frau Giaccaleone wieder in der Küche verschwand, tippte sich Carmela an die Stirn. „Sie spinnt. Die kann uns nicht helfen, Capo. Wir müssen die Mitschülerinnen befragen …“

„Nein, junge Frau, das Spinnrad habe ich leider schon verkauft. Da kommen Sie zu spät. Aber was ist mit meinen Mitschülerinnen? Wissen Sie, ich bin die Letzte, die von meiner Klasse übriggeblieben ist."

Sie musste sich wie ein Geist von der Küche in den Wohnraum bewegt haben, dachte Magnabosco und deutete Carmela, von nun an ihm das Gespräch zu überlassen.

„Ach, junger Mann, nun habe ich den Zucker vergessen. Gehen Sie ihn bitte in der Küche holen?"

Magnabosco stand auf und suchte in der Anrichte. Er fand zwei identische Behälter aus teurem Porzellan und sah hinein. Einer beinhaltete eine braune, süßlich riechende Substanz, die er auf den ersten Blick für Haschisch hielt. Du bist nicht von der Drogenfahndung, sagte er sich und stellte das Porzellandöschen wieder in den Schrank. In der zweiten Dose befand sich Zucker, auch wenn er eher wie Puderzucker aussah. Nun, sie würde schon dieses Döschen gemeint haben.

„Nein, Commissario, das ist das falsche", rief sie aus dem Wohnzimmer. Magnabosco fragte sich, ob diese Dame überall Kameras aufgestellt hatte. Es war unmöglich, vom Wohnzimmer aus in die Küche zu sehen.

„Der Zucker steht neben der Kaffeemaschine. Haben Sie ihn gefunden?"

Magnabosco nickte, nahm das richtige Döschen und kehrte zu Carmela und der alten Dame zurück. Er setzte sich, schenkte Kaffee in die Tassen und tauschte einen Blick mit Carmela.

„Signora Giaccaleone, Sie waren doch damals Lehrerin im Kloster Neustift, richtig?"

„Oh, das ist so lange her, junger Mann. Aber ja, richtig, ich war dort Geschichts- und Religionslehrerin. Aber was hat das mit meinem Iacopo zu tun? Was ist mit ihm passiert?"

„Wir sind nicht wegen Iacopo hier, sondern nur, um Ihnen ein paar Fragen zu einer Ihrer damaligen Klassen zu stellen", erklärte Carmela und nahm beruhigend die Hand der Dame, als wäre sie tatsächlich ihre Großmutter.

„Und was möchten Sie von mir wissen?"

Magnabosco kramte das Foto hervor, das ihm in der Wohnung der toten Tschurtschenthaler auf die Füße gefallen war. „Das ist die Abschlussklasse aus dem Jahr 1990, die bald ihr dreißigjähriges Jubiläum feiert. Eine der Damen wurde vor einigen Wochen in Brixen ermordet, vielleicht haben Sie davon in der Zeitung gelesen."

Ersilia Ingeburt Giaccaleone wurde blass und bekreuzigte sich. „Welche von ihnen? Doch nicht etwa …?"

„Frau Elfriede Tschurtschenthaler."

Sie atmete hörbar aus. „Und ich dachte schon … nein, wie furchtbar …"

„Was dachten Sie?"

„ Na ja, an die kleine Susi. Die hier, die ein wenig Abstand von der Gruppe hält. Ich kann mich gut an sie erinnern. Sie war ein Sonderling, die Mitschülerinnen machten es ihr nicht gerade leicht. Sie muss sehr gelitten haben, so wie sie sie immer gehänselt haben."

„Daran können Sie sich noch erinnern?", fragte Carmela und drückte den Arm der alten Dame.

„Ach, wissen Sie, was dreißig Jahre zurückliegt, ist kein Problem. Aber fragen Sie mich nicht, was ich heute zu Mittag gegessen habe."

„Erzählen Sie uns bitte mehr von Susi. Was ist passiert?"

„Ich unterrichtete die Klasse ja nur in Religion und Geschichte, aber in diesen Fächern war sie eine besonders aufmerksame Schülerin. Ich habe das natürlich gerne unterstützt. Jedes Mal nach dem Unterricht kam sie zu mir und stellte mir Fragen, die sich eigentlich mehr auf die dunkle Seite der Bibel bezogen. Von Dämonen, Teufeln, dem Fegefeuer und dem Sensenmann konnte sie schier nicht genug bekommen. Sie schrieb sich diese Dinge immer genau auf. Und dann im Geschichtsunterricht! Mittelalter, Foltermethoden, Pest und andere Gräuel, sie war richtig versessen darauf. Als dann Oswald von Wolkenstein zum Unterrichtsthema wurde, war sie nicht mehr zu halten. Natürlich habe ich das so gut gefördert, wie ich eben konnte. Nur leider führte ihre Euphorie dazu, dass sie zum Gespött ihrer Mitschülerinnen wurde. Als sie eines Tages behauptete, sie wolle so sein wie er, da war es aus mit der Schonfrist. Tags darauf kam sie nicht mehr zum Unterricht und kehrte erst Wochen später wieder zur Schule zurück. Sie hatte offenbar einen Unfall, bei dem sie ein Auge verlor. Auch ihre Psyche hatte schlimmen Schaden genommen. Sie sprach nicht mehr, mit niemandem. Ein Schuljahr hielt sie noch durch, dann verließ sie das Kloster. Ich weiß nicht, was aus ihr geworden ist. Das arme Kind …"

Magnabosco lehnte sich zurück und rieb sich die Stirn.

„Könnten Sie sich vorstellen, dass eine ihrer Mitschülerinnen den Unfall mit dem Auge verursacht hat?"

„Das weiß ich nicht, Commissario. An so etwas Grausames möchte ich nicht einmal denken."

„Sie sagten vorhin, dass Susi dem einäugigen Wolkenstein nacheiferte."

„Er war für sie wie ein Idol. Während andere moderne Musikgruppen anhimmelten, lernte sie die mittelalterlichen Liebesreigen auswendig. Aber wäre das ein Grund, einem Mädchen das Auge auszustechen?"

Carmela fuhr sich mit der Hand über das Gesicht. Magnabosco sah, wie nahe ihr die Erzählungen der alten Dame gingen.

„Wir danken Ihnen jedenfalls, Signora Giaccaleone. Sie haben uns sehr geholfen. Wie hieß das Mädchen noch gleich? Susi – und weiter?"

„Susi Schwabl, sie stammte aus Brixen."

Magnabosco und Carmela hatten fürs Erste genügend Informationen gesammelt und wandten sich zum Gehen, als es an der Tür klingelte.

„Machen Sie ruhig auf", rief Frau Giaccaleone, „das wird Iacopo sein."

Magnabosco öffnete die Tür und ein mit Tüten beladener junger Mann kam herein. Sie drückten sich ungeschickt aneinander vorbei. Ein Blick in das Gesicht von Iacopo verriet Magnabosco, dass es sich bei dem weißen Puder im Porzellandöschen vielleicht doch nicht um Zucker gehandelt hatte. Wieder ermahnte er sich, still zu sein, er hatte mit Drogendealern schließlich nichts am Hut, im Moment zumindest nicht.

Erst als er und Carmela an diesem Nachmittag noch einen schnellen Espresso in der Bozner Dantestraße genießen wollten, bemerkte Magnabosco, dass er seinen Geldbeutel nicht mehr bei sich trug.

TEIL 2

Evi Kranebitter

Evi Kranebitter war bis Mitternacht bei ihrer Mutter geblieben. Nun endlich schlief die alte, gebrechliche Dame und sie selbst konnte nach Hause gehen. Morgen würde die junge Frau aus Peru endlich zurückkommen und sich wieder ihrer Arbeit als Pflegehilfe widmen, für die Evi sie so gut bezahlte. Ihr selbst war die Pflege eine Last, auch wenn sie ihre Mutter sehr liebte. Sie nun so dahinsiechen zu sehen, ertrug sie nicht. Und Zeit hatte sie schon gar nicht für sie, schließlich war sie berufstätig.

Evi verließ die Wohnung in der Brixner Runggadgasse, in der ihre Mutter nun schon in der dritten Generation wohnte. Ihr fröstelte, die eisige Luft schmerzte in den Augen und der Nase. Hektisch zog sie sich die Handschuhe über und lief durch die dunkle Parkanlage, die zu den Schulen führte.

Plötzlich hörte sie schnelle Schritte. Doch noch bevor sie sich umdrehen konnte, spürte sie einen Schlag auf ihren Kopf und fiel zu Boden. Eine Person näherte sich und sagte etwas, was sie nicht verstand. Sie zog Evi hoch und drückte sie in einen Rollstuhl.

Als Evi sich wieder erheben wollte, wurde ihr ein feuchtes Tuch vor die Nase gehalten. Ihr wurde schwarz vor Augen, sie bekam keine Luft mehr und wurde auf der Stelle ohnmächtig.

Filippo Magnabosco

Magnabosco betrat das Klostergebäude. Ein weiterer Mord im eisigen Brixen, und er konnte fast hören, wie sich die Bozner ins Fäustchen lachten, dass er in noch einem Fall in dieser unterkühlten Stadt im Norden ermitteln musste.

Im winterlichen Garten der Tertiarschwestern, wo sonst Blumen blühten und der Rosmarin überwinterte, lag der Leichnam der Frau. Unter ihrem Kopf war das Blut gefroren, ihre Augen waren geschlossen. Sie hielt ihre Hände wie bei einem Gebet ineinandergefaltet. Die Finger waren dunkel und stark geschwollen. Offensichtlich war jeder einzelne gebrochen. Der rechte Zeigefinger fehlte.

Schwester Christiane war in ein stilles, flehendes Gebet versunken. Sie war die Cousine des Opfers und diejenige, die den Leichnam gefunden und die Polizei gerufen hatte. Sie würde Magnabosco nun gleich im Sekretariat des Tertiarklosters gegenübersitzen. Er stellte sich auf einen langen Morgen mit vielen Fragen an die Schwester ein.

Freundlicherweise bot man ihm heißen Kaffee und ein wenig Gebäck an, was Magnabosco dankend annahm.

„Sie war so eine gute Frau, die Evi. Ich kann das nicht verstehen, wirklich nicht. Warum hat man ihr das angetan? Und warum fehlt ihr ein Finger?", fragte ihre Cousine immer wieder und bekreuzigte sich bereits zum fünften Mal in diesem Gespräch.

„Welches Verhältnis hatten Sie zu Frau Kranebitter, Schwester?", fragte Magnabosco und suchte nach seinem Notizblock. In seiner Hosentasche befand sich nur ein Strafzettel, den er in der vorigen Woche wegen Falschparkens erhalten hatte und den er längst hätte zahlen müssen. Inzwischen musste er eben als Merkzettel herhalten.

„Ein gutes, auch wenn wir uns nicht oft sahen. Vor Kurzem hat sie mich besucht. Wir hielten einen kleinen Schwatz. Sie war guter Dinge, erzählte mir von ihren Kindern und ihrem Mann, von ihrer Arbeit …"

„Wo arbeitete sie?"

„Sie war Bibliothekarin hier im Kloster."

„Kam sie Ihnen verändert vor? Bedrückte sie irgendetwas?"

„Nein, im Gegenteil. Sie schien richtig zufrieden mit sich und der Welt zu sein. Sie erzählte mir auch, dass bald ein Klassentreffen stattfinden würde, da ihr Schulabschluss nun dreißig Jahre zurücklag."

„Aha", sagte Magnabosco leise und bat die Schwester dann, ihm von Frau Kranebitters Familie zu erzählen.

„Evis Kinder wohnen nicht mehr zu Hause. Ihr Mann ist Künstler, ein Musikus. Er arbeitet als Lehrer in der Musikschule. Eine durch und durch brave Familie, Herr Kommissar."

„Was haben Sie um diese Uhrzeit im Klostergarten getan, Schwester?"

„Ich wollte nur Streusand holen und ihn vor den Eingang des Klosters schütten. Im Moment ist hier ja alles vereist und ich möchte nicht, dass jemand ausrutscht."

„Das ist Ihre Aufgabe, Schwester?"

„Ja, verstehen Sie, Kommissar, ich habe ein praktisches Händchen und schlafe wenig. Daher stehe ich oft früh auf und halte alles in Schuss. Nur wenn die Arbeiten zu schwer sind, rufen wir einen Hausmeister. Für die Gartenarbeiten haben wir selbstverständlich einen Gärtner, aber der kommt im Winter nur selten vorbei."

„Um wie viel Uhr stehen Sie denn normalerweise auf?", fragte Magnabosco und trank den letzten Schluck Kaffee.

„Meistens gegen fünf Uhr morgens."

Magnabosco blieb still. Die Kollegen der Scientifica hatten festgestellt, dass der Tod vor zwei bis drei Stunden eingetreten sein musste. Nun war es acht Uhr morgens.

*

Magnabosco ließ sich von Schwester Christiane zur Eingangstür des Klosters begleiten. Sie gaben sich freundlich die Hand und er bat sie, sich bei weiteren Einfällen oder Hinweisen direkt an ihn zu wenden.

Als der silberne Sarg mit Evi Kranebitters Leichnam aus dem Garten getragen wurde, wies er die Schwester an, sich ins Warme zu begeben, und beeilte sich, den Sargträgern hinterherzukommen, bevor sie Evi Kranebitter in die Bozner Gerichtsmedizin brachten.

Die Männer drehten sich um, Magnabosco ging schneller, rutschte auf dem Eis aus und versuchte, sich an der Schulter eines Kollegen zu halten. Dieser hielt nicht stand: Der Sarg war schwer, Magnabosco verlor das Gleichgewicht und zog die beiden Männer sowie den Sarg zu Boden. Der Sarg landete auf der Seite, öffnete sich und Evi Kranebitter rollte auf den Gehsteig.

Fluchend erhoben sich die Männer und packten die Leiche wieder in die Kiste aus Edelstahl. Keiner von ihnen hatte sich verletzt, nur Magnaboscos Steißbein war leicht angeschlagen. Er entschuldigte sich mehrfach bei seinen Kollegen, die missmutig in den Wagen stiegen, um nach Bozen zu fahren.

Magnabosco blieb mit dreckigen Hosen am Parkplatz stehen und zündete sich eine Zigarette an. Als er sie austreten wollte, wäre er fast in ein Papierstückchen getreten: Zwei winzige, sepiafarbene Kindergesichter strahlten ihn von dem Schnipsel an, der sich wie eine Postkarte anfühlte.

„Und da waren's nur noch achtzehn …“, murmelte er und steckte ihn in ein Plastiktütchen.

Anne Marschall

Geigenmusik ertönte aus einem kleinen Lautsprecher. Das heiße, klare Wasser färbte sich langsam dunkelrot, es roch nach Waldbeeren. Goldgelber Honig floss langsam, Tropfen für Tropfen, in das Teeglas, das Anne auf den kleinen Tisch in ihrem Erker gestellt hatte. Langsam nahm sie Platz und goss den Früchtetee ins Glas. Intensives Rot brannte sich in die Netzhaut ihres Auges. Das Lid des geschlossenen Auges zuckte. Vorsichtig leckte sie an dem Teelöffel, den sie wieder ins Honigglas gesteckt hatte. Sie schloss auch das andere Auge und beschwor die Geister der Vergangenheit herauf. Gleich würden sie bei ihr sein.

Elfriede zeigte sich zuerst. Sie erschien ihr als Mädchen wie damals vor dreißig Jahren, mit ihren böse blitzenden, blauen Augen und den dicken, braunen Locken. Ihr Mund war ihr schlimmstes Werkzeug gewesen. Spott und Beleidigungen, dreckige Witze und üble Worte fielen aus ihm heraus wie der Wasserfall aus dem Felsen, sprudelnd und unaufhaltsam. Beschuldigungen und Verleumdungen, sie war eine Meisterin der Lüge gewesen. Wie oft war sie zur Mutter Oberin gerannt, um Susi anzuschwärzen, sie habe ihr Zimmer nicht aufgeräumt oder verdorbenes Essen an die Mitschülerinnen verteilt. Sie habe ihre Noten gefälscht, um ein besseres Abschlusszeugnis zu bekommen, und den Hausmeister bestohlen. Wie oft waren die Lügen nicht aufgedeckt worden und hatte man Susi zu Unrecht bestraft.

Nun lag Elfriede Tschurtschenthaler mit einer klaffenden Kopfwunde und ohne Zunge in einer eisgekühlten Schublade in der Gerichtsmedizin und die Polizei fragte sich, wer diese grausame Tat vollbracht haben könnte.

Warum suchte man eigentlich immer nur nach den Tätern, ohne dabei die Taten der Opfer zu hinterfragen?

Anne öffnete das gesunde Auge und trank noch einen Schluck Tee. Wärme, Süße und Säure machten sich in ihrem Mund breit. Erinnerungen an Evi Kranebitter kamen hoch. Ihre Hände an Susis Haar, wie sie an ihrem dünnen, blonden Schopf zogen, bis einzelne Strähnen ausfielen. Wenn Evi sie allein erwischte, schlug sie Susi und boxte ihr so lange in den Unterleib, bis Susi sich fast übergeben musste. „Verrat mich ruhig, dir glaubt sowieso niemand“, keifte sie und schmierte ihr noch eine – dieses Mal mitten ins Gesicht.

Evi hatte es immer geschafft, ihre Kraft so zu dosieren, dass sie keine Spuren hinterließ. Ihre Ohrfeigen waren schmerzhaft und noch tags darauf zu spüren gewesen, doch nie hatte Susi ein Veilchen davongetragen. Und selbst wenn – da musste sie Evi recht geben –, hätte man Susi nicht geglaubt, dass eine Mitschülerin ihr Gewalt angetan hatte. Schließlich hatten die vier

Kameradinnen immer für ein Alibi gesorgt und sich gegenseitig gedeckt. Umgekehrt hatte es Susi ein einziges Mal gewagt, zurückzuschlagen. Evi hatte tatsächlich einen blauen Fleck auf der Wange gehabt und Susi eine Woche lang Ausgehverbot erhalten.

Nun waren neun von Evi Kranebitters Fingern gebrochen, einer fehlte ihr. Sie war tot und lag vermutlich genau wie ihre Klassenkameradin Elfriede Tschurtschenthaler bereits in einer eisigen Schublade der Gerichtsmedizin.

Anne stand auf, griff in ihre Handtasche und wickelte den steifen Finger der Toten aus einer kleinen Plastiktüte. Sie legte ihn vor sich auf den Tisch und rollte ihn sachte hin und her.

„Zunge um Zunge und Finger um Finger", schrieb sie in einer zweiten Zeile in ihr Büchlein. Dann wusch sie den Finger sorgfältig mit Kernseife, trocknete ihn ab und wickelte ihn in einen Zehneuroschein. Sie befestigte das Paket mit einem gelben Gummiring und gab den umwickelten Finger in eine Plastiktüte, die sie in den hintersten Winkel ihres Tiefkühlschranks legte.

Andreas Schmalzl

Das Grauen nimmt kein Ende!

Wieder ein grausamer Mord in Brixen: Gestern wurde im Garten des Tertiarklosters in der Runggadgasse eine weitere Frauenleiche gefunden. Auch dieses Opfer wurde mit einem harten, spitzen Gegenstand erschlagen. Dieses Mal fehlte der Frauenleiche ein Zeigefinger, die anderen Finger sind vermutlich mit einer Daumenschraube gequetscht und gebrochen worden.

„Wir haben es hier wohl mit mittelalterlichen Foltermethoden zu tun", so der Pressesprecher der Bozner Staatspolizei, „auch dieses Opfer wurde vor seiner Tötung aufs Grausamste gequält. Wir gehen davon aus, dass es sich um denselben Täter wie beim vorherigen Mordopfer handelt."

Ein Serienmörder im schönen Brixen in Südtirol, der seine Opfer wie vor Jahrhunderten quält, bevor er sie ermordet?

Wir bleiben dran – Ihr Andreas Schmalzl von der Eisacktaler Presse.

Schmalzl nahm seine Brille ab und versuchte erneut, Anne Marschall telefonisch zu erreichen. An ihrer Stelle nahm Marlene das Gespräch entgegen. Fast war er erleichtert.

„Wie geht es Anne?“, fragte er.

„Danke, Herr Schmalzl, es geht ihr gut. Sie möchte nur derzeit nicht gestört werden, Sie wissen schon, der Schreibfluss. Kann ich Ihnen weiterhelfen?“

Schmalzl zögerte einen Moment. Er war sich nicht sicher, wie verlässlich Marlene war und ob man sich ihr anvertrauen konnte, ohne dass sie gleich alles brühwarm ihrer Chefin erzählen würde.

Dann aber lud er sie zu einem Abendessen ein.

Carmela Pasqualina

Magnabosco war wirklich kein besonders schöner Mann, dachte Carmela und überholte eine Frau, die mit ihren drei Kindern langsam die schneebedeckten Talferwiesen entlangradelte. Der Winter hatte Bozen in diesen Januarwochen fest im Griff, es war so kalt, dass der Schnee noch lange als graue Decke auf den Wiesen liegen bleiben würde. Während die Kinder vor Vergnügen schrien, schien die Mutter besorgt, wie sie diesen Ausflug heil überstehen sollten. Immer wieder ermahnte sie die drei Kleinen, dicht bei ihr zu bleiben.

Carmela lief weiter, ließ sich vom Rhythmus ihrer Laufmusik in Trance bringen.

Magnabosco trug immer dieselben Jeans, hatte vermutlich nur drei Sweatshirts im Schrank liegen und trug Sommer wie Winter dieselben ausgelatschten Sneakers. Wäre Carmela seine Freundin, würde sie ihn sofort zu einem Herrenausstatter schleppen und ihm ein wenig Klasse verpassen.

Dann diese Frisur. Er schien einem Film der Achtzigerjahre entflohen zu sein. Wenn er doch nur diese schlecht liegenden Locken einmal kürzen und sich einen richtigen Bart wachsen lassen würde. Auch hier wunderte Carmela sich, dass seine Freundin nicht einmal dafür sorgte, dass er zum Friseur ging.

Wovon er sich wohl ernährte? Pizza und Pasta, mehr kannte er sicher nicht. Vielleicht ab und zu ein Schnitzel oder billige Tiefkühlkost. Ihr Chef war ein typischer Vitamingegner, sie hatte ihn jedenfalls noch nie einen Salat in der Kantine essen sehen. Nicht einmal Obst rührte er an. Kaffee ja, den mochte er, und sicher auch Bier. Ziemlich einseitig, genau wie seine Art, sich zu kleiden.

Manchmal tat Magnabosco ihr leid. Er wurde vom Pech verfolgt. Egal, was er tat, es schien zu misslingen. Sie hatte ihm die Nase gebrochen, weil er im falschen Moment aus dem Besprechungsraum gehen wollte. Nach der Befragung der alten Lehrerin Giaccaleone hatte man ihm das Portemonnaie gestohlen. Wo ein Hundehaufen war, da trat er hinein.

Eine komplett zerstörte Aura, schloss Carmela daraus und lief über die Brücke, um zurück zu ihrer Wohnung zu kommen.

Trotzdem, etwas faszinierte sie an ihm. Und wenn es nur dieser eine freudige Kuss auf ihre Stirn gewesen war, als er endlich zu einer neuen Erkenntnis in diesen grausigen Mordfällen gekommen war. Wenn sie sich recht erinnerte, waren seine Lippen sehr weich gewesen.

*

Carmela hatte gerade ihre Dusche beendet und gedankenverloren etwas an ihren beschlagenen Spiegel geschmiert, als es an der Tür klingelte. Hektisch zog sie ihren Bademantel an und ging mit tropfenden Haaren hinaus.

„Polizei, aufmachen!“, rief es von draußen.

Carmela erkannte den scherzhaften Ton ihres Vorgesetzten und ließ ihn eintreten. Kaum zu glauben, dachte sie, hatte der Mann doch so etwas wie Humor? Bis jetzt war ihr das noch nicht aufgefallen.

„Gibt es Neuigkeiten, Capo? Möchten Sie einen Kaffee?“

Als sie verabredet hatten, dass er nach Dienstschluss noch kurz bei ihr vorbeikommen würde, hatte Carmela sich verunsichert gefühlt, dieses Verhalten hatte sie von ihren vorherigen Vorgesetzten nicht gekannt. Aber immerhin zeigte Magnabosco das Engagement, sie nach ihrem freien Tag auf den neuesten Stand zu bringen. Nun war sie fast froh, ihn bei sich zu haben.

Während Magnabosco sich im Bad die Hände wusch, stellte sie die kleine Mokkamaschine auf den Herd und zog sich in Windeseile an. Ihn im Bademantel zu empfangen, schien Carmela nun doch ein wenig unangebracht.

Nach einigen Minuten begann die Kaffeemaschine zu zischen und zu fauchen, Espressoduft erfüllte den kleinen Raum.

„Danke, Carmela. Ich habe mich wegen Susi Schwabl umgehört. Die Sache mit ihrem Auge ist wahr. Ich war im Brixner Krankenhaus, dort habe ich den Arzt ausfindig machen können, der sie damals operiert hat. Er meinte, dass er sich einen Nagel in einem Auge kaum als Unfall erklären könne. Da hatte wohl jemand nachgeholfen."

„Ein Nagel? Wie fruchtbar!", rief Carmela und schüttelte sich.

„Sie sagen es. Aber das ist furchtbar, nicht fruchtbar. Susi Schwabl lag mehrere Wochen im Krankenhaus und wurde auch psychologisch betreut. Das heißt, man versuchte es. Aus ihr war kein Wort herauszuholen. Sie hatte sich komplett verschlossen. Nicht einmal ihre Mutter konnte zu ihr vordringen."

„Wie traurig. Wo ist sie jetzt?"

„Susi Schwabl ist nicht mehr auffindbar. Sie ist, wie die Giaccaleone bereits sagte, noch ein Jahr in die Klosterschule gegangen. Mit Ende der dritten Klasse Oberschule hat sie die Schule verlassen und ist verschwunden. Es gab Gerüchte, sie sei in eine andere Stadt gezogen. Dann hieß es, sie habe Selbstmord begangen. Aber ein Begräbnis hat es nie gegeben."

„Wie kann denn eine Person so einfach verschwinden?"

„Sie war damals noch minderjährig, das heißt, sie musste auch keinerlei Papiere unterschreiben. Darum haben sich wohl ihre Eltern kümmern müssen. Ich habe mich auch nach ihnen erkundigt, aber Frau Schwabl ist vor gut zehn Jahren in ihrer Wohnung in Stufels verstorben, einen Herrn Schwabl scheint es nicht zu geben."

„Stufels? Das alte Brixen?"

„Genau, Carmela, der älteste Stadtteil Brixens. Vielleicht sollten wir uns dort mal umsehen."

Carmela nickte und nippte nachdenklich an ihrem Kaffee.

„Übrigens, Carmela, eine Frage noch, auch wenn es mich nichts angeht …“, sagte Magnabosco mit einem sanften Lächeln.

„Was denn, Capo?“, fragte Carmela und musste unwillkürlich an seine Lippen auf ihrer Stirn denken. Sie spürte, wie sie rot wurde.

„Haben Sie sich verliebt?“

„Che cosa? Verliebt? Perché?“

„Ich habe mir im Bad die Hände gewaschen. Sie haben ein Herz auf Ihren beschlagenen Spiegel geschmiert.“

Carmela verschluckte sich an ihrem Kaffee und hustete.

„Nein, nein, Capo. Ich … ich weiß auch nicht.“

„Wie gesagt, es geht mich überhaupt nichts an. Danke für den Kaffee, Carmela. Bis morgen.“

Anne Marschall

Anne stieg aus ihrem Wagen, den sie gegenüber der kleinen Kirche von Waidbruck geparkt hatte. Vor der lebensgroßen Statue des Oswald von Wolkenstein blieb sie kurz stehen und schenkte ihm ein Lächeln. Oswald hielt eine Laute in der Hand, sein Auge war durch eine Klappe verdeckt, er schien von seinem kleinen Podest steigen zu wollen. Kurz drehte Anne sich um und warf der sitzenden Statue der Sabine Jäger einen verächtlichen Blick zu. Wolkenstein hatte sie vergöttert, nur um schließlich von ihr hinters Licht und in eine Falle geführt zu werden. „*Mit groblichem geverde so ward ich ihr gefangen man*", erinnerte Anne sich an seine überlieferten Worte.

Anne nahm ihren Hut ab und betrat die Kirche zur seligen Jungfrau Maria. Sie bekreuzigte sich. Wie sie sich erhofft hatte, hatten sich an diesem Sonntag viele Menschen zum gemeinsamen Gebet eingefunden. Sie nahm in einer der mittleren Reihen der kleinen Kirche Platz und betrachtete versonnen die Fresken an der Wand.

Geduldig wartete sie die heilige Messe ab und gab ihrem nächsten Bankpartner die Hand als Zeichen des Friedens. Sie hatte ihre Brille aufbehalten, keiner sprach sie darauf an, man hielt sie vermutlich nur für eine eingebildete Städterin. Als der Klingelbeutel herumgegeben wurde, nahm Anne eine Geldbörse hervor, die den exakten Betrag von zehn Euro und einen abgetrennten Zeigefinger beinhaltete. Nun ließ sie das Päckchen unbemerkt in den Spendenkorb gleiten.

Die ersten Gläubigen standen bereits auf, um die heilige Kommunion zu empfangen. Auch Anne erhob sich, nahm den Leib Gottes entgegen und verließ nahezu unbeobachtet das kleine Gotteshaus des Dorfes am Eisackufer.

*

Die Trostburg oberhalb von Waidbruck empfing Anne mit einem offenen Torbogen. Sie schlüpfte hindurch und blieb hinter der dicken, weißen Mauer stehen. Sie ging weiter, der steinige Weg führte sie direkt zum Eingangsbereich des Westflügels. Ein schwarzes Pferd, mit dem sie nicht gerechnet hatte, graste genüsslich auf dem Rasen. Sie beachtete es kaum und ging mit gebührendem Abstand an ihm vorbei, um es nicht zu erschrecken.

Verwaist lag sie da, die Trostburg, kein Tourist besuchte sie zu dieser Jahreszeit. Der Brunnen auf der linken Seite der kleinen Wiese plätscherte leise. Im gegenüberliegenden Stall wurde gearbeitet, sie hörte das regelmäßige Pochen und Klopfen eines Hammers. Anne sah sich um, ging zum Mäuerchen und betrachtete das unter ihr liegende Eisacktal und den Burggarten. Sie blickte zum Burgfried hinauf. Die Uhr zeigte kurz nach elf Uhr morgens, die heilige Messe war also längst vorbei.

Sie drehte sich um, sah hinauf in den Wald und zu den anderen Teilen der Burganlage. Zwei weitere Pferde hatten sich dazugesellt, mächtige Rappen. Sie sah zum Stall hinüber, kein Mensch zeigte sich. Ein angenehmer Geruch aus der Scheune drang zu ihr hervor. Sie atmete tief ein, der Heuduft mischte sich mit der kalten Januarluft.

Diese Ruhe hier oben und das Plätschern des Brunnens beruhigten ihr Gemüt. Nur zu gerne hätte Anne eine Runde durch die verwinkelte Trostburg gedreht und sich an den Fresken, den mittelalterlichen Zimmern und der kleinen Kapelle im Inneren des Turmes erfreut, doch zu dieser Zeit im Winter fanden keine Führungen statt.

Sie streifte noch ein wenig um das alte Gemäuer herum und beobachtete ein Eichhörnchen, das mit einer Nuss in einem Astloch verschwand. Trotz der Eiseskälte nahm sie auf der Besucherbank hinter der Burg Platz und genoss die Wintersonne.

Plötzlich hörte sie, wie ihr Name gerufen wurde. Sie erschrak und wollte schon davonrennen, als sie Andreas Schmalzl erkannte, der schwer atmend auf sie zukam.

„Verzeihen Sie, Anne, ich wollte Sie nicht erschrecken. Marlene hat mir gesagt, dass ich Sie hier finden würde. Was für ein herrlicher Ausblick.“

Anne fluchte in sich hinein und zwang sich zu einem Lächeln.

„Seid gegrüßt, André. Soso, von Marlene habt Ihr diese Kund' erfahren. Was führt Euch denn zu mir? Noch immer auf der Suche nach Neuigkeiten aus längst vergangenen Tagen?"

„Ja, das Mittelalter wirft so einige Fragen auf, aber heute ist Sonntag, da will ich nicht an die Arbeit denken. Um ehrlich zu sein, wollte ich Sie einfach nur wiedersehen, Anne."

„Wisst Ihr, werter André, in Zeiten der Unmenschlichkeit wende ich mich gerne von den Menschen ab. Wie dem auch sei, nehmt es mir nicht übel, aber dieser Tage bin ich zu sehr mit der Schreiberei beschäftigt, als dass ich mich würdig realen Personen widmen könnte."

„Das ist schade, Anne, aber verständlich. Ich will Sie dann nicht länger belästigen. Ich wünsche Ihnen noch einen wunderbaren Sonntag."

„Nun, wo Ihr schon einmal hier seid, könnt Ihr auch gemeinsam mit mir ein paar der raren Sonnenstrahlen genießen. Ihr sagtet vorhin, Marlene habe Euch mein kleines Versteck verraten?"

„Ja, wir haben uns auch zu einem gemeinsamen Abendessen getroffen. Sie war außerdem so freundlich, mir ein paar Eindrücke Ihres Romans zu schenken."

„Dieses kleine M...ägdelein. Ich hatte ihr doch eingebläut, dass sie über mein schriftliches Mühewalten Stille bewahren soll."

„Keine Sorge, Anne. Es war nur ein kleiner Einblick, der mich umso neugieriger gemacht hat. Ich werde aber nichts über Ihr Buch schreiben, bevor es nicht erschienen ist“, sagte Schmalzl und blickte zufrieden in ihr Gesicht. Das geschlossene Augenlid zuckte heftig.

Schmalzls Telefon schrillte, er nahm ab.

„Kirche in Waidbruck? Ja, ich bin in der Nähe“, rief er in den Apparat und legte auf.

„Was ist denn geschehen, André? Ruft die Arbeit nun doch?“

„So ist es, Anne“, antwortete er und betrachtete nachdenklich seinen rechten Zeigefinger. „Leider kann ich Ihnen nichts Genaues sagen, aber unten im Dorf muss die Hölle los sein. Wenn Sie keine Menschen sehen wollen, sollten Sie lieber noch ein wenig die Aussicht hier oben genießen.“

Schmalzl ignorierte Annes Reaktion, drückte ihr kurz die Hand und lief den steilen Weg nach unten.

Filippo Magnabosco

Magnabosco stieg aus dem Wagen, die Wintersonne stach ihm schmerzhaft in die Augen. Langsam kamen die Bilder der vergangenen Nacht zurück.

Er hatte sich mit Clara gestritten, woraufhin diese wieder einmal die Koffer gepackt hatte und gegangen war. Zynisch hatte er „Bis bald!“ gesagt, während sie heulend den Aufzug gerufen hatte. Etwa eine halbe Stunde später hatte Matteotti angerufen und ihn gefragt, ob er Lust hätte, gemeinsam mit ihm das Spiel gegen Napoli zu sehen, er würde vorbeikommen. Klar, hatte Magnabosco geantwortet und das zweite Dosenbier geöffnet. Keine zehn Minuten später war Matteotti mit zwei kalten Pizze ai Wurstel vor der Tür gestanden.

Magnabosco hatte sich über den Besuch gefreut. Das Spiel war gut gelaufen, Neapel war haushoch von Juventus Turin besiegt worden und sie hatten sich gemeinsam mit Dosenbier und Schnaps betrunken. Ein gelungener Herrenabend, doch einige Erinnerungen fehlten ihm noch.

Mit pochendem Schädel ging Magnabosco hinüber zur Kirche zu Waidbruck. Die Herren der Spurensicherung waren bereits da und machten Fotos von dem gefundenen Finger. Kurz kam Magnabosco die Würstchenpizza vom vorherigen Abend in den Sinn und er musste würgen. Schnell wandte er sich ab und versuchte, seinen rasenden Puls zu beruhigen.

„Geht es Ihnen nicht gut, Capo? Was haben Sie?“, fragte Carmela besorgt.

„Geht schon. Können Sie mir einen Kaffee besorgen? Und Wasser?“

„Bar hat zu, Capo.“

Magnabosco fluchte gegen die Muttergottes, als der Pfarrer des Dorfes zu ihm trat und sich bekreuzigte.

„So etwas Schreckliches“, plapperte er drauflos, „welchem armen Menschen hat man das angetan? Und dann diese Ironie, den Finger mit zehn Euro umwickelt in den Klingelbeutel zu stecken.“

„Wer hat ihn gefunden?“

„Der kleine Bub hier. Komm, Julian, das ist der Herr von der Polizei.“

„Ja, ich habe den Finger gefunden, Herr Polizist, und die Omi hat gesagt, ich darf die zehn Euro behalten, weil ich einen Finderlohn verdiene!“

„Nein“, sagte Magnabosco, „den Geldschein brauchen wir leider selbst. Da könnten Spuren vom Täter drauf sein, weißt du.“

Plötzlich brach der Junge in Tränen aus und trat Magnabosco gegen das Schienbein.

„Sie sind gemein, Sie blöder Polizist! Das ist mein Finderlohn! Die Omi hat's versprochen! Ich will mein Geld haben!“, brüllte er.

Der Pfarrer nahm sich des Buben an und schickte ihn zur Großmutter, bei der er sich weiterhin lautstark über die Staatsgewalt beschwerte.

„Ich kann mir das nicht erklären", fuhr der Pfarrer fort. „Hier im Dorf gibt es keine Menschen, die so etwas jemand anderem antun würden. Das kann höchstens … nein, dazu wäre er nicht fähig."

„Sprechen Sie bitte weiter", forderte Carmela ihn auf.

„Ja, wer könnte das gewesen sein?", mischte sich eine Stimme hinter ihnen ins Gespräch. „Verzeihung, ich habe mich nicht vorgestellt, mein Name ist Schmalzl, ich bin von der *Eisacktaler Presse*."

„Dann warten Sie die Pressekonferenz ab und lassen Sie uns hier arbeiten. Auf Wiedersehen, Herr Schmalzl", sagte Magnabosco barsch und wies Schmalzl den Weg.

Der Pfarrer sah an sich hinunter, murmelte etwas, was sicher an Gott oder dessen Sohn gerichtet war, und fuhr dann leise fort: „Hier wurde kürzlich ein Mann beobachtet. Keiner von hier, er befand sich auf der Durchreise. Er muss an die sechzig gewesen sein und hat sich im Dorf keine Freunde gemacht. Er hat Leute angegriffen und in die Flucht geschlagen. Immer hat er mit dem Finger auf uns gezeigt und uns grundlos beschimpft."

„Hat denn jemand im Dorf den Verlust eines Fingers beklagt, Herr Pfarrer?"

Der Pfarrer sah sich um, die Gemeinde, von der Polizei festgehalten, schüttelte einstimmig den Kopf.

„Ist Ihnen sonst etwas während der Messe aufgefallen? Hat sich jemand seltsam benommen?", fragte Magnabosco weiter.

„Nein, Herr Kommissar. Keine besonderen Vorkommnisse“, antwortete der Pfarrer mit hilflosem Gesichtsausdruck.

„Es war alles wie immer?“, hakte Magnabosco ein letztes Mal nach.

„Ja, allerdings habe ich gesehen, dass eine Dame den Schlusssegen nicht abwarten wollte. Sie hat die Kirche gleich nach der Kommunion verlassen. Meine Schäfchen würden das nie tun.“

*

Magnaboscos Leben verlief auf Abwegen. Clara hatte ihn wieder einmal verlassen, trotz ihrer Schwangerschaft. Diese instabile, unglückliche Frau! Ihm kamen Zweifel, ob das Kind in ihrem Bauch tatsächlich von ihm stammte. Er hatte es nie in Frage gestellt, nun dachte er jedoch über den Zeitpunkt der Zeugung nach. Er konnte sich nicht einmal daran erinnern, wann er das letzte Mal mit Clara geschlafen hatte.

Dann diese Mordfälle. Sein Vorgesetzter, der Staatsanwalt und die Presse saßen ihm gleichermaßen im Nacken. Er hatte doch alles geprüft: Die Familien der Opfer hatten Alibis, die wasserdichter nicht sein konnten. Das traurige Mädchen aus der damaligen Klasse existierte nicht mehr und man konnte Magnabosco auch keine Auskunft darüber geben, was damals außer dem Unfall und dem Schulabbruch mit ihr passiert war. Diese Susi Schwabl war einfach verschwunden.

Heute würde er mit Carmela nach Stufels fahren und versuchen, Zugang zum Hause ihrer verstorbenen

Mutter zu bekommen. Dann würde er noch einmal diese durchgeknallte alte Lehrerin verhören müssen, auch wenn auf ihre Aussagen sicherlich kein Verlass war. Auch dem Gärtner, der für die Instandhaltung der Klostergärten verantwortlich war, würde er noch einen Besuch abstatten müssen.

Doch was geschah gerade mit Carmela? Früher war sie eine schnippische junge Frau gewesen, die seine Anweisungen nicht befolgen wollte. Seit Kurzem hatte sich ihr Verhalten ihm gegenüber völlig verändert: Sie hatte sich in eine liebenswerte Person verwandelt, die ihrem Chef dann und wann sogar einen Kaffee mit Keksen servierte, selbst dann, wenn er nicht danach verlangte. Als sie heute unbeabsichtigt von seinen Verdauungsbeschwerden erfahren hatte, hatte sie in ihrer Handtasche gekramt und ihm zwei Tabletten zugesteckt. „Damit Sie nicht dauernd aufs Klo rennen müssen, Capo."

Bis jetzt hatte er die Tabletten nicht angerührt, doch nun nahm er sie zärtlich hervor, betrachtete sie liebevoll wie einen Rettungsring und schluckte sie hinunter. Sofort fühlte er sich besser. Vielleicht war es auch nur die Erinnerung an Carmelas große braune Augen, die seinen verstörten Darmtrakt beruhigten.

*

Magnabosco und Carmela hatten in der Nähe der Brixner Altstadt geparkt und gingen langsam und aufmerksam durch die Parkanlage, die Runggadgasse und am Klostergarten vorbei, wo man Evi Kranebitters Leichnam gefunden hatte.

„So viele Klostern“, bemerkte Carmela.

„Klöster. Ja, Brixen ist eine Bischofsstadt, schon seit Jahrhunderten. Hier hatte die Kirche immer viel mehr zu sagen als die Politik. Zumindest soll das früher so gewesen sein, habe ich gelesen.“

„Capo, kommen Sie mit. Ich möchte Ihnen etwas zeigen. Keine Heiligen, sondern Teufel“, zischte Carmela plötzlich, verzog ihr Gesicht zu einer Grimasse und führte Magnabosco in Richtung des Kreuzganges.

Im Kreuzgang blieb Carmela stehen und zeigte mit dem Finger auf das Fresko, das den Schandbaum darstellte.

„Erinnert Sie das an etwas, Capo?“

„Wir zwei im Paradies, das da oben ist der Staatsanwalt, der in der Mitte ist der Chef, das hier der Journalist, das ...“, scherzte Magnabosco.

„Nein, Capo, schauen Sie, da sind sechs Teufel und alle haben Gartengeräte in die Hand. So wie Tatwaffe bei der Tschurtschenthaler und der Kranebitter.“

Magnabosco betrachtete die sechs Teufel, die über ihm mit ihren Harken die Gesichter zu Fratzen verzogen. So sehr ihm auch zu scherzen zumute war, musste er Carmela recht geben, dass dieses Fresko ihn an die Mordfälle erinnerte. Teuflische Gestalten mit spitzen Gegenständen, darunter Adam und Eva, die sich mit ängstlichen Blicken im Paradies umsahen.

„Ich glaube, Capo, wir werden noch einige Male nach Bressanone kommen müssen.“

*

Der alte Stadtteil Stufels lag einsam vor ihnen. Carmela und Magnabosco gingen durch die Unterdrittelgasse und blieben vor dem Haus stehen, in dem einst Frau Schwabl mit ihrer Tochter gelebt hatte. Die Tür war alt und zerkratzt, durch das zerbrochene Fenster konnte man das Chaos im Parterre erkennen und eine Treppe, die in das obere Stockwerk führte. Magnabosco klingelte. Nichts rührte sich.

Carmela läutete bei den Nachbarn, woraufhin sich eine alte Dame aus dem Fenster lehnte.

„Sie ist nicht da. Sicher ist sie unterwegs“, rief sie ihnen ungefragt zu.

„Wer denn?“, fragte Magnabosco.

„Na, die Schreiberin“, erklärte die Frau und zog das Fenster ohne einen Gruß wieder hinter sich zu.

Einige Augenblicke später trat sie aus der Haustür und stellte sich zu den beiden Polizisten.

„Was wollen Sie von ihr?“, fragte die Frau unumwunden.

„Nichts, wir bräuchten nur einige Informationen zu Frau Schwabl. Wir dachten nur, ehrlich gesagt, sie würde schon lange nicht mehr leben“, erklärte Magnabosco.

„Ach, die alte Schwabl meinen Sie. Nein, die ist schon gut zehn Jahre tot. Ich dachte, Sie suchen die Autorin, die da oben lebt.“

„Autorin?“

„Anne Marschall, sagt Ihnen das nichts? Lesen Sie nicht?“

Magnabosco schüttelte den Kopf und musste sich eingestehzen, dass die *Gazzetta dello Sport* und *Donald*

Duck tatsächlich nicht das höchste literarische Gut waren.

„Gehen Sie mal in die Buchhandlung, da finden Sie sicher ein paar Romane von ihr. Eine ganz liebe Frau, ist nur ein wenig in sich gekehrt. Eine Künstlerin eben", sagte die Nachbarin und lächelte.

„Hat sie etwas mit Frau Schwabl zu tun?", fragte Carmela.

„Ich weiß nur, dass sie sich in den letzten Jahren rührend um sie gekümmert hat. Mehr konnte ich auch nicht erfahren. Sie ist immer freundlich und hilfsbereit, aber viel geredet hat sie nie."

„Wann kommt sie denn normalerweise nach Hause?", erkundigte sich Carmela.

„Da gibt es keine festen Zeiten. Mal morgens, mal nachts, mal tagsüber."

Magnabosco gab der Nachbarin seine Visitenkarte und bedankte sich. Sie werde sich melden, wenn ihr etwas einfalle, versprach sie.

Carmela und Magnabosco gingen über die Adlerbrücke zurück ins Zentrum. In einer Buchhandlung nahmen sie einen Roman der Schriftstellerin Marschall aus dem Regal: eine aufregende Liebesgeschichte, die im Brixen des 15. Jahrhunderts spielte.

„Gibt es ein Autorinnenfoto?", fragte Carmela und blätterte die ersten Seiten des Buches durch.

„Nein", antwortete Magnabosco.

„Vielleicht kennt der Buchhändler sie ja persönlich", meinte Carmela und wies auf einen Herrn, der gerade eine Kundin bei der Wahl eines Kochbuchs unterstützte.

„Verzeihung“, drängte Magnabosco sich vor, „Kriminalpolizei Bozen. Sagt Ihnen der Name Anne Marschall etwas?“

„Können Sie nicht warten, bis Sie dran sind?“, entgegnete die Dame genervt und begutachtete ein Rezept für Speckknödel mit Gulasch. Magnabosco lief beim Anblick des Fotos das Wasser im Mund zusammen.

„Nein, sonst geschieht hier gleich noch ein Verbrechen. Also, kennen Sie die Marschall? Ja oder nein?“

„Selbstverständlich“, sagte der Buchhändler. „Warum fragen Sie?“

„Ich bitte Sie darum, die Dame kurz zu beschreiben.“

„Nun, sie ist eher klein und schmal, hat langes, helles Haar, eigentlich ein unauffälliger Typ.“

„Eigentlich?“

„Ja, wenn sie beide Augen öffnen und ihren Mund halten könnte, wäre sie völlig normal.“

„Sie hat nur ein Auge? Und warum sollte sie ihren Mund halten?“

Der Buchhändler räusperte sich. „Wissen Sie, solange sie in ihren Büchern diese mittelalterliche Ausdrucksweise benutzt, ist das ja völlig in Ordnung. Aber sie scheint in dieser Welt zu leben. Sie spricht, als wäre sie vor fünfhundert Jahren geboren worden.“

Magnabosco bedankte sich und verließ gemeinsam mit Carmela das Geschäft. Sie wussten nun, dass Susi Schwabl ganz und gar nicht tot war, sondern einfach ein neues Leben unter anderem Namen begonnen hatte.

„Carmela", wies er seine Assistentin an, als sie die Buchhandlung verließen, „rufen Sie im Büro an. Sie sollen nach Anne Marschall fahnden."

*

„Capo, mögen Sie Elefanten?", fragte Carmela, als sie wieder auf dem Brixner Domplatz standen.

„Elefanten?", fragte Magnabosco. Er war sich nicht sicher, ob es sich wieder einmal um einen ihrer Versprecher handelte.

„Ja, ich habe zwei Karten für *Soliman* bekommen. Läuft noch in Brixen. Sondervorstellung, wegen Erfolg."

„Aha, na ja, wenn Sie meinen, Carmela. Dann gehen wir eben zu den Elefanten", sagte Magnabosco, auch wenn ihn die Vorstellung einer Elefantenherde zur Winterzeit ein wenig irritierte.

„Nein, nein, Capo, es ist nur ein Elefant. Soliman war um 1500 in Brixen. Er ist eine Legende."

„Und wo soll dieser Soliman sein?"

„Ist in der Hofburg. Nicht weit von hier. Fängt gleich an, in zehn Minuten müssen wir dort sein."

Carmela wies Magnabosco den Weg zur Hofburg. Als sie dort ankamen, war bereits eine große Schlange davor und wartete darauf, eingelassen zu werden.

Sie betraten das Innere der Hofburg, sie war in blaues Licht gehüllt. Langsam füllte sich das riesige Areal. Und die Laserschau begann. Die vielen Fenster färbten sich gelb, eine leise Musik ertönte. Plötzlich hörte man das Trompeten eines Elefanten, dann eine

Stimme, die die Besucher auf Italienisch und Deutsch begrüßte. Sie klang fröhlich und stellte sich als Soliman der Elefant vor, der vor etwa vierhundertfünfzig Jahren nach Brixen gekommen war.

Staub schien von den Dächern der Hofburg zu rieseln. Dann wurden mittels Laserlicht ein Elefant und das Bild eines Elefanten projiziert, das im 16. Jahrhundert nach dem Auftauchen dieses Geschenks gemalt worden war. Soliman erzählte von seiner Ankunft in Brixen am 12. Dezember 1551. Er sei von seiner Reise so erschöpft gewesen, dass er mitten auf dem Domplatz eingeschlafen sei. Das Umfallen des Elefanten ließ die Hofburg erzittern. Ein Klavierstück von Mozart wurde gespielt und führte die Besucher in die Traumwelt des Soliman. Es wurde stiller, alle lauschten Mozarts Klängen. Ein riesiger Mond ging an den Wänden der Hofburg auf.

Magnabosco blickte zu Carmela hinüber, sie schien regelrecht verzaubert von der Laserschau. Er selbst konnte nicht viel damit anfangen und fragte sich, was ihn dazu gebracht hatte, sie hierherzubegleiten. Es schien doch eher ein Spektakel für kleine Kinder zu sein. So ein Schmarrn, dachte Magnabosco und verdrehte die Augen.

Soliman erzählte vom großen Bilderbuch seiner Träume und von seiner indischen Heimat. Die Hofburg wurde in eine Art Urwald vor den Drei Zinnen verwandelt. Blumen stiegen auf, riesige Pfauenfedern wurden gezeigt, der ganze Palast wurde grün, blau, gelb, rosa. Fast schon glaubte Magnabosco, den Geruch von Curry in der Luft zu erahnen, dabei befand er sich doch mitten in Brixen.

Die Musik wurde ein wenig lauter, peppiger, und da ertappte sich Magnabosco dabei, wie er sich im Rhythmus der Trommeln langsam hin- und herbewegte. Wieder beobachtete er Carmela neben sich, deren Pferdeschwanz hin- und herwippte. Sie sah zu ihm auf, ihre Augen begegneten sich kurz in der bunt gefärbten Dunkelheit, schüchtern. Dann betrachteten sie wieder das Schauspiel.

Magnabosco bemerkte, dass er die Vorstellung nun doch ein wenig genießen konnte. Er schaffte es zum ersten Mal seit Monaten, seine Gedanken von der Arbeit abzulenken. Er lauschte der Stimme, die nun erzählte, wie Soliman nach Wien gekommen war. Er sei ein Geschenk gewesen. Eine Landkarte wurde aufgezeigt, dann ein fliegender Elefant, dies sollte seine Reise darstellen. Er sei über Portugal nach Spanien gekommen, wo er durch die sengende Sonne wandern musste. Welch eine Qual für den armen Elefanten, dachte Magnabosco. Wie viel von dieser Geschichte wohl wahr war? Schließlich handelte es sich hier um eine Legende.

Er sah erneut zu Carmela hinüber. Aus einem Impuls heraus legte er seine Hand auf ihre Schulter und zog sie sachte in seine Richtung. Es war ein Instinkt, dem Magnabosco nachgegeben hatte.

Carmela sah ihn kurz überrascht an und lächelte. Trotz der dunklen Lichter erkannte er kleine Lachfalten an ihren Augen.

Soliman erzählte inzwischen von seiner Reise, dass er auf ein Schiff verladen worden sei und an Seekrankheit gelitten habe. Nachdem er in Genua an Land gegangen sei, habe seine Reise ihn nach Verona, Trient, Bozen und schließlich nach Brixen geführt. Die Musik wurde friedlicher, langsamer, die Laser zeigten Sterne am Abendhimmel.

„Danke, Capo", sagte Carmela leise.

„Wofür, Carmela?", flüsterte Magnabosco.

„Pst", machten die Zuschauer.

„Sage ich Ihnen nachher, Capo. Wir müssen jetzt still sein."

Magnabosco nickte und betrachtete wieder den künstlichen Sternenhimmel an der Hofburg. Das blaue Licht beruhigte ihn, auch Carmela beruhigte ihn. Es fühlte sich richtig an an, jedenfalls richtiger, als mit Clara zusammen zu sein, die ihm vermutlich nur Lügen aufgetischt hatte.

Es wäre ihm lieb gewesen, wenn diese einfache Geigenmusik noch ein wenig angehalten hätte, doch dann ertönte wieder die Erzählstimme und die Elefanten wurden gezeigt.

Soliman sprach nun davon, dass er sich in eine Elefantendame aus Afrika verliebt und an die zwanzig Eleföntchen mit ihr in die Welt gesetzt habe. Wieder erstrahlte die Hofburg in bunten Farben, fast schon südländisch war nun das Laserspiel. Neongrün, gelb, lila, orange, es wurde grell.

Carmela wippte wieder hin und her und Magnabosco fragte, ob ihr kalt sei.

„Nein, nein, Capo, ist der Rhythmus, der gefällt mir, ich mag das."

Dieses Mal zischte niemand, dass sie still sein sollten.

*

Einige Minuten später war das bunte Schauspiel vorbei. Carmela nahm entschlossen Magnaboscos Hand, um ihn im Getümmel nicht zu verlieren. Auch als sie wieder auf dem Domplatz standen, ließ Carmela seine Hand nicht los.

„Carmela, ist alles in Ordnung?"

„Oh Gott, Verzeihung, Capo."

„Keine Sorge. Was halten Sie davon, wenn wir heute Nacht in Brixen bleiben? Ich fürchte, unsere Aufgabe in Stufels ist noch nicht erledigt. Vielleicht erwischen wir Frau Marschall ja morgen."

„Gute Idee, Capo. Wo wir schon bei Elefant waren, könnten wir auch im Hotel Elephant miteinander schlafen, oder?"

Magnabosco stockte. Hatte seine Assistentin das wirklich so gemeint? Er beschloss, es überhört zu haben.

„Carmela, Sie kennen sich gut aus in Brixen."

„Ah, jaja, ich habe hier einige Jahre gewohnt. Das ist aber lange her. Ich habe hier auch Verkannte."

„Verwandte oder Bekannte?", fragte Magnabosco und verkniff sich heimlich ein Lachen. „Nicht so wichtig. In Ordnung, dann zeigen Sie mir mal Ihr Elefantenhotel."

„Wird gemacht."

„Aber sagen Sie mal, wie viel ist eigentlich an der Legende von Soliman wirklich dran?“

„Nicht alles, was man uns jetzt erzählt hat, ist wahr. Auf jeden Fall war es 1551, als dieser Elefant nach Brixen kam und alle sehr begeistert waren von diesem Exoten. Verständlich, man sieht ja schließlich nicht jeden Tag einen Elefanten in Brixen. Man sagt, dass die Menschen trotz des Schnees von überallher kamen. Für diejenigen, die den Elefanten nicht sehen konnten, hat man danach ein Bild gemalt, das befindet sich an der Außenwand vom Hotel Elephant. Man sieht ihn dort, auch wenn dieses Affresco nicht ganz wie ein Elefant aussieht.“

Carmelas Wissen beeindruckte Magnabosco. Er nickte.

„Das Ganze ist passiert, weil Maximilian von Österreich, der später Kaiser wurde, mit seiner spanischen Cousine verheiratet wurde. Natürlich war es keine Hochzeit per amore, ist ja klar, man hat ja damals nicht wegen der Liebe geheiratet, sondern wegen Geld, Macht und Politik und so weiter. Man dachte eben, dass eine spanisch-österreichische Verbindung vielleicht zu mehr Reichtum führen und die Macht der Länder vergrößern würde. Maximilian war ein verrückter Kerl und ziemlich verwöhnt. Er wünschte sich einen Indischen Elefanten zur Hochzeit. Die Portugiesen wollten ihm den Traum erfüllen. Maximilian wollte auch, dass man dem Tier einen Namen gibt, und zwar den des Todfeindes des christlichen Abendlandes, des Sultan Soliman, damit dieser durch die Versklavung des Elefanten gedemütigt wurde.“

„Dass man das alles an dem armen Elefanten ausgelassen hat, finde ich nicht richtig", sagte Magnabosco nachdenklich.

„Das stimmt. Armer Elefant. Und dumme Könige. Im Sommer 1551 begann dann die Reise von Madrid bis nach Wien. Da waren Maximilian und Maria, seine Frau und Cousine, die ganzen Soldaten und Diener und Soliman. Alle waren aufgeregt, ihn zu sehen, und auf der Reise musste man oft anhalten, damit die Leute ihn bestaunen konnten. Zum Beispiel in Trento hat ein Bildhauer eine Holzstatue in Form von einem Elefanten gebaut. Maximilian ist noch ein paar Tage bei dem Holzelefanten geblieben und hat seiner Frau gesagt, sie solle schon mal vorausgehen. Inzwischen war es Dezember geworden und in Brixen erholten sie sich von der langen Reise."

„Carmela, warum haben Sie mir nie davon erzählt, dass Sie hier gewohnt haben und so viel von Brixen wissen?"

„Sie haben mich nie gefragt. Warum soll ich Ihnen alles erzählen, wenn es Sie nicht interessiert?"

„Ich glaube inzwischen, dass mich nicht nur Ihre Arbeit interessiert … Ah, da ist ja schon das Hotel. Nehmen wir uns ein Zimmer und ruhen uns aus."

„Ja, Capo. Danke, dass ich Ihnen die Geschichte von Soliman erzählen durfte. Vielleicht bringt er uns ja Glück. Sie wissen schon, Capo, dass Elefanten Glück bringen?"

Magnabosco nickte nur und dachte, dass er dann wohl eine ganze Elefantenherde brauchte.

Marlene Pittscheider

Marlene betrat Annes Wohnung und setzte sich an ihren Küchentisch. Als Anne sie angerufen und zu sich bestellt hatte, hatte Marlene ihre Stimme als eigenartig kalt empfunden.

„Marlene, ich werde ab sofort auf deine Dienste verzichten. So leid es mir tut, aber ich enthebe dich deines Amtes", erklärte Anne ihr förmlich.

Marlene starrte ihre Vorgesetzte an. Plötzlich zitterte ihr Kinn und sie brach in Tränen aus. „Aber warum denn?"

„Du bist nicht mehr vertrauenswürdig", begründete Anne ihre Entscheidung.

„Was redest du denn da? Was habe ich falsch gemacht?", fuhr Marlene sie an.

„Andreas Schmalzl von der *Eisacktaler Presse*, das hast du falsch gemacht! Du hast dich mit ihm zusammengetan, ihr habt über mich und meinen Roman gesprochen, über Dinge, die ihn nichts angehen. Seit wann steht ihr euch so nahe?"

„Wir haben doch nur miteinander geplaudert. Abgesehen davon, dass es dich eigentlich nichts angeht, mit wem ich mich treffe … Moment einmal. Geht es da vielleicht um etwas anderes? Interessierst du dich etwa für ihn? Ich hatte eigentlich immer das Gefühl, dass er dir lästig ist!"

„André mir lästig? Wie kannst du es wagen?", schrie Anne und stand so abrupt von ihrem hölzernen Stuhl auf, dass dieser wackelte.

„Bist du etwa in ihn verliebt, Anne?", fragte Marlene.

„Ich schätze André und seine Arbeit sehr. Ich bin nicht in ihn verliebt, jedenfalls nicht im herkömmlichen Sinne. Dennoch bin ich der Meinung, dass eine Verbindung zwischen dir und ihm meiner Arbeit nicht guttäte. Daher mache ich dir nun ein Angebot: Entscheide dich – für André oder deine Arbeit mit mir. Beides geht nicht. Ich bitte dich, nun zu gehen und mir bis morgen Abend mitzuteilen, was du tun willst."

„Du übertreibst doch maßlos. Und du erpresst mich. Eine feine Freundin bist du, Anne Marschall."

„Das ist das, was man im Mittelalter als *unter einer Decke stecken* bezeichnete."

„Und was du tust, ist *Fehde ansagen*. So viel habe ich auch schon gelernt, Anne."

„Dann vergiss deinen Handschuh nicht, wenn du meine Wohnung verlässt. Ich erwarte dich morgen bei Sonnenuntergang."

Marlene verließ wutschnaubend Annes Wohnung und Stufels. Trotz der eisigen Februartemperaturen glühten ihre Wangen. Sie ging durch das Zentrum Brixens und an Andreas' Redaktion vorbei. Sie sah, dass in seinem Büro noch Licht brannte. Sie blieb kurz stehen, überlegte noch einen Moment und lief dann nach Hause.

Carmela Pasqualina

Magnabosco und Carmela saßen an ihren Schreibtischen in der Quästur. Carmela biss in eine Banane, während sie das sepiafarbene Klassenfoto nachdenklich betrachtete. Mit der Maus fuhr sie über jedes einzelne, leicht verschwommene Gesicht der damaligen Mitschülerinnen. Ohne hinzusehen, schmiss sie die Bananenschale in Richtung ihres Papierkorbs, bemerkte aber nicht, dass sie neben ihrem Stuhl landete.

Und plötzlich sah sie das Muttermal. Sie zoomte näher heran und war sich ganz sicher.

„Porca miseria", flüsterte sie. „Capo, kommen Sie!", sagte sie dann so laut, dass Magnabosco aufschrak.

Er kam schnell zu ihr herüber und ließ sich von Carmela erklären, dass sie soeben das jugendliche Gesicht ihrer angeheirateten Tante Isolde Gostner auf dem Klassenfoto erkannt hatte.

„Sind Sie sich auch ganz sicher?", hakte Magnabosco nach.

„Ja, das ist Isolde. Also, sie ist nicht meine richtige Tante, aber sie hat meinen Onkel geheiratet, der als Soldat in Sterzing stationiert war. Er ist jetzt in Pension. Mit etwa zwanzig Jahren ist er von Salerno hierhergekommen und hat dann Isolde kennengelernt. Sie haben vier Bambini bekommen und …“

„Va bene, Carmela, das können Sie mir auf der Fahrt nach Brixen erzählen. Wir fahren direkt hin. Sie haben ja hoffentlich die Adresse Ihrer Tante?“

„Ich habe sie schon aufgeschrieben, Capo. Sie wohnt in Natschos.“

„Wo? Ach, Sie meinen Natz-Schabs, oberhalb von Brixen, richtig?“

„Ja, das Dorf mit dem seltsamen Namen. Aber es ist schön dort.“

Carmela schob energisch ihren Stuhl zurück und traf Magnabosco leicht am Knie. Er trat zurück, um ihr Platz zu machen, und bemerkte nicht, dass er in etwas Weiches trat, die Banane. Er rutschte aus, wollte sich an Carmela halten, die aber sein Gewicht nicht abfangen konnte, und landete zwischen zwei Schreibtischen auf dem Boden. Carmela konnte sich ebenfalls nicht mehr halten und fiel auf ihren Chef. Erschrocken blickte sie in sein Gesicht.

„Capo, Entschuldigung. Alles meine Schuld … tut mir so leid. Haben Sie sich wehgetan?“

„Nein“, ächzte Magnabosco und stand vorsichtig auf. Tatsächlich schien er unversehrt. „Und Sie, Carmela? Sind Sie in Ordnung? Na ja, Sie sind ja zumindest weich gefallen.“

„Ja, alles gut“, versicherte Carmela mit rotem Kopf und klopfte sich die Oberschenkel ab. „Warten Sie, Capo, Sie haben da ein wenig Banane am Hintern“, sagte sie und wischte den Fleck an Magnaboscos Hosenboden mit einem Taschentuch sauber.

„Na, wenn das mal nicht eine Anzeige wegen sexueller Belästigung am Arbeitsplatz gibt, Signorina Pasqualina", ertönte es plötzlich hinter ihnen. „Wie läuft es denn mit den Ermittlungen in unseren Mordfällen, Magnabosco? Vielleicht können Sie sich nach der Schmuseeinheit auch mal wieder um die Arbeit kümmern."

Carmela blieb stumm, Magnabosco antwortete seinem Vorgesetzten nur: „Bevor es zu diesem kleinen Unfall gekommen ist, hat Frau Pasqualina ein entscheidendes Detail zu diesen Ermittlungen gefunden, Herr Nothdurfter. Dem werden wir nun sofort nachgehen. Arrivederci. Kommen Sie, Carmela. Gute Arbeit übrigens, Kompliment."

Magnabosco nahm seine Jacke, griff nach Carmelas Hand und verließ gemeinsam mit ihr und ohne weitere Worte das Büro, um die Ermittlungen fortzusetzen.

*

Carmela und Magnabosco folgten Isolde Gostner in ihr geräumiges, lichtdurchflutetes Wohnzimmer. Carmela hatte ihre Tante zunächst überschwänglich begrüßt, gab sich nun aber eher zurückhaltend.

„Was können Sie uns über Ihre Mitschülerinnen Elfriede Tschurtschenthaler und Evi Kranebitter sagen?", fragte Magnabosco und trank einen Schluck Kaffee, den Isolde Gostner ihnen serviert hatte.

„Die beiden waren sehr gut miteinander befreundet. Sie gehörten übrigens auch zu meinen Freundinnen damals. Unglaublich, diese Morde. Ich bin noch immer ganz schockiert. Und das so kurz vor unserem Jubiläum." Isolde Gostners Stimme klang traurig.

„Wie war denn die allgemeine Stimmung in Ihrer Klasse damals? Ich weiß, es liegt eine Weile zurück, aber vielleicht schaffen Sie es ja, uns zu helfen. Jeder Hinweis kann nützlich sein."

„Wir waren eine Internatsklasse, da hielt man zusammen wie Pech und Schwefel, man verbrachte ja Tag und Nacht miteinander. Wir hatten eine Menge Spaß und trafen uns auch in den Ferien. Natürlich gab es auch Personen, die sich ausgrenzten."

„Wie dieses Mädchen hier zum Beispiel?" Magnabosco legte ihr eine Kopie des Klassenfotos vor.

„Ja, die kleine Schwabl. Ein seltsamer Mensch war das. Entweder sprach sie kein Wort oder sie flippte völlig aus. In der Mittelschule war sie kaum mehr zu halten, als sie plötzlich ganz verrückt nach diesem Oswald von Wolkenstein wurde, diesem potthässlichen Kauz aus dem Mittelalter. Wir hörten Pop und Rock und sie trällerte Minnelieder. Sie können sich sicher vorstellen, dass sie sich damit selbst isolierte."

„Wie haben die Mitschülerinnen darauf reagiert?"

„Ausgelacht haben wir sie. Und manche haben sie von vorne bis hinten zum Narren gehalten. Wie weit das ging, weiß ich allerdings nicht. Ich habe mich weitestgehend rausgehalten."

„Hätten Sie ihr nicht helfen können?", fragte er.

„Ich? Ihr helfen? Und mich dann selbst zum Gespött machen, das fehlte noch. Niemand mochte Susi Schwabl und niemand wollte sich mit ihr abgeben. Jedem erzählte sie, wie aufregend im Mittelalter alles gewesen sein musste. Nein, beim besten Willen, das wollte sich keiner antun."

„In der Oberschule hatte sie einen Unfall", wurde Carmela nun konkreter.

„Ja, die Sache mit ihrem Auge." Isolde Gostner sah nun zu Boden.

„Was ist damals passiert, Zia?"

„Ich habe keine Ahnung. Ich weiß nur, dass sie von einem Tag auf den anderen nicht mehr zur Schule ging und erst nach einem guten Monat zurückkam. Mit einer Augenklappe und noch gestörter als zuvor. Sie hat dann nur noch den Unterricht besucht und nicht mehr im Internat gewohnt."

„Hatten Ihre beiden Freundinnen Evi und Elfriede etwas damit zu tun?", bohrte Magnabosco nach. Er schien ihre wachsende Nervosität genauso zu bemerken wie Carmela.

„Wie können Sie es wagen, den beiden so etwas in die Schuhe zu schieben? Schließlich sind die beiden umgebracht worden, vielleicht sollten Sie besser nach dem Mörder suchen, statt die dummen Jugendstreiche der beiden zu durchleuchten."

„Diese Jugendstreiche, wie Sie es nennen, und die Morde könnten zusammenhängen. Susi Schwabl liebte das Mittelalter und beide wurden vor der eigentlichen Ermordung mit mittelalterlichen Methoden gefoltert."

„Davon weiß ich nichts. Es interessiert mich auch herzlich wenig, Kommissar. Ich muss Sie nun bitten, zu gehen. Ich muss kochen und einkaufen."

„Unwissenheit und Ignoranz machen die Welt nicht besser, Frau Gostner. Falls Ihnen noch etwas einfällt, melden Sie sich bitte bei mir."

„Ist gut. Ciao, Carmela, vielleicht solltest du dir besser eine andere Arbeit suchen und deine Tante bei Gelegenheit besuchen, ohne sie verhören zu lassen."

„Weißt du, Zia, ich habe die beste Arbeit der Welt. Ich kümmere mich darum, dass Gerechtigkeit geschieht."

Die beiden verließen das Haus wortlos. Carmelas Sinn für Gerechtigkeit hatte bei Magnabosco eine wohlige Gänsehaut hinterlassen.

Anne Marschall

Anne hatte eine schlaflose Nacht verbracht. Um sich abzulenken, hatte sie in Oswalds Schriften gelesen, doch der Gedanke an Marlene ließ sich nicht verjagen. Sie vermisste ihre Freundin.

Dennoch bereute sie ihre Entscheidung nicht. Marlene war nun seit über zehn Jahren ihre einzige Mitarbeiterin, Freundin und Vertraute gewesen. Jede Lebenslage hatten sie gemeinsam gemeistert. Sie hatten alles geteilt. Manchmal hatte Marlene sogar bei ihr geschlafen, wenn es nachts zu spät wurde, um noch heimzugehen.

Nun jedoch musste Anne einen Schlussstrich ziehen, sie konnte nicht weiter mit Marlene arbeiten. Marlene ahnte nichts von ihren grausamen Plänen, dass ihr altes Ich nach Vergeltung schrie. Jetzt, nach dreißig Jahren, war es wachgerüttelt worden.

Das mit dem Verrat war natürlich nur ein Vorwand gewesen. Anne musste Marlene schützen: Würde sie von dem Racheakt erfahren, wäre sie gezwungen, es der Polizei zu melden, bevor ihre Mitschülerinnen ihre gerechten Strafen erfahren würden. Oder Marlene würde versuchen, Anne von ihrem Vorhaben abzubringen.

Früher oder später würde sie verstehen, dass es sich nicht um Recherchen zu mittelalterlichen Foltermethoden handelte, sondern um deren Umsetzung. Sie würde in diese Vergeltung mithineingezogen werden, und das wollte Anne unbedingt verhindern. Da war es besser, das Mädchen zu verjagen, solange sie noch konnte.

Ob Marlene mit Schmalzl schlief oder nicht, war Anne egal. Sie hatte diesen Vorwand nur benutzt, um Marlene zu kündigen. Was auch immer zwischen Marlene und Schmalzl entstand, sporadische Treffen, eine Affäre, die große Liebe, es ging Anne nichts an. Allerdings wusste Anne, was für ein Mensch Schmalzl war: Er interessierte sich nie einfach nur für eine Person. Schmalzl lebte für seine Arbeit als Journalist bei der *Eisacktaler Presse* und würde keine Gelegenheit verpassen, bei Marlene an Informationen über Anne zu gelangen. Und Anne kannte Marlene nur zu gut: Ihr naives, sonniges Gemüt, gepaart mit Andreas' Neugier, würde sie früher oder später zum Plaudern bringen. Schmalzl war schlau, ein Fuchs, der mit Frauen umzugehen wusste. Er wusste, sie zu verführen und sie zum Reden zu bringen. Es galt also, die Notbremse zu ziehen.

*

Anne betrat das Antiquitätengeschäft, das sich direkt neben ihrem Altstadthäuschen in Stufels befand. Der Händler begrüßte sie freundlich, auch dieses Mal schien er zu hoffen, seiner Nachbarin etwas zu verkaufen. Diese wollte aber vielmehr einen Gegenstand hierlassen, anstatt einen mitzunehmen.

„Sehen Sie nur dieses wunderbare Wappen. Es muss im 18. Jahrhundert gefertigt worden sein. Ich mache Ihnen einen guten Preis dafür, Frau Marschall."

Geduldig betrachtete Anne das quadratische Gemälde, das ihr tatsächlich gefiel, auch wenn es aus einer Epoche stammte, die sie nicht wirklich interessierte. „Ich werde es mir überlegen. Ach, verzeihen Sie, ein Anruf", flunkerte sie und hielt sich ihr Mobiltelefon ans Ohr.

Sie gab vor, mit Marlene zu sprechen: „Nein, schon wieder ein Strafzettel? Hier um die Ecke am Parkplatz? Liebste Marlene, ich habe dir doch gesagt, dass du dort auf die Polizisten achten sollst. Wie, sie stehen noch immer dort herum und verteilen Knöllchen?"

Dieses kleine Schauspiel war ein Pokerspiel gewesen, hatte aber ins Schwarze getroffen. Der Händler entschuldigte sich hektisch bei Anne und verließ fast rennend sein Geschäft. Nun hatte sie einige Minuten Zeit, die kleine, eiserne Daumenschraube hinter einer mächtigen Porzellanstatue verschwinden zu lassen.

Kaum hatte sie sich wieder aufgerichtet, kam auch schon der Händler zurück. Erleichtert stellte er sich neben Anne und bedankte sich: Er war den imaginären Stadtpolizisten gerade noch entwischt. Anne lächelte. Nur selten war ihr eine Szene auf Anhieb so gut gelungen.

*

Anne war gerade dabei, die Haustür aufzuschließen, als sie plötzlich Schritte hinter sich hörte und sich umdrehte. Hinter ihr stand ihre Nachbarin. Unter ihrer goldglänzenden Steppjacke trug sie einen rosafarbenen Sportanzug.

„Frau Marschall!", rief sie aufgeregt.

„Ja, bitte?"

„Verzeihen Sie die Störung. Vor ein paar Tagen war die Polizei hier und hat nach Frau Schwabl gefragt."

„Da kam sie wohl ein gutes Jahrzehnt zu spät. Was wollte sie denn von ihr?", versuchte Anne so ruhig wie möglich zu bleiben.

„Informationen. Ich weiß nicht, worum es genau ging. Gibt es Probleme mit der Erbschaft?"

„Ich denke, das ist alles bestens und schon vor langer Zeit geregelt worden."

„Ich habe der Polizei gesagt, dass Sie auch hier wohnen und arbeiten", sagte die Nachbarin und hob beschwichtigend die Hände.

„Daran ist ja auch nichts Schlimmes. Und falls die Polizei meine Hilfe benötigen sollte, wird sie sich sicher bei mir melden. Auf Wiedersehen."

Annes Herz klopfte wild, als sie die zehn Stufen zu ihrer Wohnung hinaufging. Ohne ihren Mantel und ihren Hut abzulegen, ließ sie sich auf ihren roten Ohrensessel fallen und wünschte sich nichts sehnlicher, als dass Marlene bei ihr auftauchen würde.

Sie beugte sich vor, schloss ihr gesundes Auge, legte den Kopf in die Hände und gab erst leise, dann immer lauter werdende Schreie von sich. Kaum öffnete sie das gesunde Auge, drehte sich der Raum und ihr wurde übel. Sie vergrub ihr Gesicht wieder in den Händen und sah sich selbst vor vielen Jahren und die Mädchen, die sie verspotteten, sie schlugen und hinter ihrem Rücken Lügen über sie verbreiteten. Lehrer, die sie ausschimpften, ihr unverdiente Strafen auferlegten. Evi Kranebitter, die mit ihrem blauen Auge weinend zur Mutter Oberin rannte.

Zwischendurch erschienen Anne die Teufelsfratzen aus dem Brixner Kreuzgang, dann die aufgespießten Leichname, aus deren bleichen Körpern das Blut rann.

Dann tauchte vor ihrem Auge Elfriede Tschurtschenthaler auf, deren Gesicht, als Anne einen Einweghandschuh anzog, die Zunge herauszog und die Zange anlegte. Elfriedes Schreien ging in eine Art panisches Röhren über, als sie erkannte, was ihr nun blühte. Anne klemmte die Schere fest und zog kräftig daran, drehte sie dann und riss mit einem einzigen Ruck die Zunge aus ihrem Mund.

Anne konnte sich nicht mehr auf dem Ohrensessel halten. Ihr Körper hatte sich vollständig verkrampft, alle Muskeln schmerzten heftig. Sie ließ sich zu Boden fallen und kroch, noch immer mit Hut und Mantel bekleidet, zu ihrem Bett. Sie weinte, heulte wie ein Kind, schrie. Erst Minuten später beruhigte sie sich langsam. Sie schlief ein.

Als sie aufwachte, erkannte sie Marlene, die eine Kanne auf ihrem Nachttisch abstellte. Sie goss ein wenig Tee in eine Tasse und half Anne, sich aufzurichten. Dann schob sie ihr vorsichtig einen kleinen Löffel Honig in den Mund. Dankbar lächelte Anne und schluckte ihre süße Lieblingsspeise.

Anne antwortete nicht, ließ sich nur aus dem Mantel und aus den Schuhen helfen und zudecken.

Filippo Magnabosco

Ein schepperndes Glockengeräusch ertönte, als Magnabosco das kleine Antiquitätengeschäft in Stufels betrat. Er war nach Brixen gekommen, in der Hoffnung, endlich einen Hinweis zum Verbleib der Susi Schwabl zu erhalten. Carmela hatte heute ihren freien Tag.

Der Verkäufer begrüßte ihn freundlich und bat ihn um einen Augenblick Geduld, da er sich gerade um eine Kundin kümmern musste, die sich für eine Porzellanstatue interessierte. Sie hielt einen jungen Pitbull an der Leine.

Magnabosco nickte geduldig und sah sich im Laden um. Vorsichtig hob er einige Gegenstände an, stellte sie aber sofort wieder zurück. Er wollte nicht zur Verantwortung gezogen werden, falls etwas Wertvolles kaputtginge. Kurz schweiften seine Gedanken zu Carmela und dem Elefanten Soliman. Er musste lächeln: der Elefant und der Porzellanladen.

„Dann möchten Sie die Statue gleich mitnehmen?“, hörte er den Verkäufer fragen.

„Ja, wenn Sie sie ein wenig verpacken könnten, wäre es mir allerdings sehr recht“, antwortete die Frau.

Kaum hatte der Verkäufer die Statue angehoben, hörte Magnabosco, wie ein Gegenstand polternd zu

Boden fiel. Aus dem Augenwinkel sah er, dass der Verkäufer mit der schweren Statue in einem Nebenraum verschwand und wenige Minuten später mit einem braunen, unförmigen Paket wieder auftauchte. Er überreichte es der jungen Hundebesitzerin, die kurz die Leine losließ. Der Händler eilte zur Ladentür und öffnete sie. Der Hund bellte, schnappte nach dem Gegenstand und rannte damit auf die Straße. Die Rufe seines Frauchens hörte er nicht.

„Was hatte Ihr Hund denn da im Maul?"

„Ich weiß es nicht", rief sie verzweifelt, „und mit meinem verstauchten Knöchel kann ich ihm unmöglich hinterherrennen! Könnten Sie es nicht versuchen?" Die junge Frau schien den Tränen nahe.

Magnabosco schnaubte, dann lief er im Dauerlauf durch die Unterdrittelgasse und das Eisackufer entlang. Etwa einhundert Meter weiter sah er den Hund, der sich hinter seine Beute gelegt hatte.

Als Magnabosco sich ihm näherte, knurrte er ihn an. Er blieb mit einigem Abstand vor ihm stehen und betrachtete das Diebesgut. Es handelte sich um ein kleines, schmiedeeisernes Gerät mit mehreren Löchern in der Mitte und einer seitlichen Schraubvorrichtung. Kaum streckte Magnabosco seine Hand danach aus, fletschte der Pitbull die Zähne.

„Aus, Cinderella! Gib dem Herrn brav das Ding zurück."

Der Pitbull kuschte und ließ sich von seinem Frauchen streicheln, das mit dem Auto nachgekommen war.

„Sie hätten es ruhig an sich nehmen können. Cinderella tut keiner Fliege etwas zuleide. Außerdem ist sie Veganerin“, versicherte die junge Frau.

„Mir scheint eher, Ihr Köter hätte mal Lust auf einen ordentlichen Brocken Lebendfleisch.“

„Wie können Sie es wagen, Cinderella einen Köter zu nennen?“, ereiferte sich die Frau, nahm den Hund an die Leine und stieg mit ihm ins Auto. Mit quietschenden Reifen fuhr sie davon.

Magnabosco blieb nichts anderes übrig, als kopfschüttelnd das von Hundespeichel überzogene Gerät an sich zu nehmen und es in den Laden zurückzubringen.

*

„Was ist das?“, fragte Magnabosco den Ladenbesitzer und zeigte ihm das eiserne Gerät.

Der Verkäufer nahm ein Taschentuch und säuberte es. „Das ist eine Daumenschraube, Herr …“

„Verzeihung. Magnabosco mein Name. Kripo Bozen.“

„Kripo?“, fragte der Mann ungläubig.

„Daumenschraube?“, entgegnete Magnabosco.

„Ja, aber ich weiß nicht, wo sie herkommt. Solche Folterinstrumente haben in meinem Laden nichts verloren. Ich führe schöne Antiquitäten.“

„Und wie kommt sie dann hierher?“, fragte Magnabosco weiter.

„Das weiß ich nicht, wirklich nicht!“ Seiner verzweifelten Stimme nach zu urteilen, sagte er die Wahrheit.

„Sie müssen Ihren Bestand doch in etwa kennen.“

„Ich kenne jedes einzelne Stück, das Sie hier finden können."

„Gut, die Daumenschraube ist beschlagnahmt. Und Sie halten sich bitte zur Verfügung", beschloss Magnabosco.

„Aber ich habe doch nichts getan."

„Sie haben ein Folterinstrument in Ihrem Laden und ich einen Mordfall, bei dem genau so eines benutzt wurde. Das reicht, um zur Verfügung stehen zu müssen."

TEIL 3

Anne Marschall

Anne lief durch kleine Schneefelder, über weißgraue Steine, hob einen Tannenzapfen auf, roch an ihm und warf ihn zurück auf den Waldboden. Umgestürzte Tannen lagen auf dem Weg. Sie blickte hinauf in den weißen Winterhimmel, hinter den Bäumen konnte sie die Abendsonne erahnen, die ihr goldenes Licht auf das Örtchen Seis warf. Sie suchte nach den Wegweisern, schon so lange war sie den Weg hinauf zur Burgruine Hauenstein nicht mehr gegangen.

Das *Hauensteinlied* kam ihr in den Sinn, leise sang sie die romantischen, hoffnungsvollen Verse des von Wolkenstein vor sich hin.

> *„Zergangen ist mein herzen we,*
> *seid das nu fliessen wil der snee"*

Fünf Minuten zu Fuß, das versprach der hölzerne Pfeil und zeigte nach links. Anne lief die letzten zwei Kehren hinauf.

> *„Ab Seuser alben und aus Flack,*
> *hört ich den Mosmair sagen"*

Vor der Burgruine, die auf einem weißen Felsen thronte, hielt sie kurz inne und sah sich um. Kein Wanderer war in Sicht, auch Marlene hatte sie noch lange nicht eingeholt. Anne hatte nun doch beschlossen, sie in ihrem Leben zu behalten. Ohne Marlene ging es ihr nur noch schlechter, Anne hatte keine Kraft, sie ziehen zu lassen.

„Erwachet sind der erden tünst,
des meren sich die wasser rünst"

Ein paar Meter weiter, vor einem Bildnis des jungen Oswald von Wolkenstein, der zur damaligen Zeit die Besitzerin der Burg Hauenstein, Barbara Jäger, gleichzeitig geliebt und verachtet hatte, blieb Anne noch einmal stehen.

„Das Auge habe ich gerächt, mein Herr zu Wolkenstein. Seid Ihr stolz auf Eure Maid?", fragte sie leise, näherte sich dem Bild und küsste es vorsichtig.

Langsam stieg Anne die letzten in Stein gehauenen Treppen hinauf zur Burgruine. Sie berührte ihre kalten, weißen Mauern und setzte sich auf einen Stein, von dem sie den Ausblick auf das sonnenbeschienene Seis genießen konnte.

„Von Castellrut in den Isack,
das will mir wol behagen.
Ich hör die voglin gros und klain
in meinem wald umb Hauenstain
die musick brechen in der kel,

durch die scharpfe nötlin schellen,
auf von dem ut hoch in das la,
und hrab zu tal schon auf das fa
durch manig süsse stimm so hel;
des freut eu, güt gesellen!"[2]

Ein leichter, eisiger Wind kam auf. Anne zog den Reißverschluss ihres Mantels zu und verließ ihren Aussichtspunkt. Langsam ging sie durch die Burgruine und setzte sich in jenen Teil der Mauern, wo sie Wolkensteins damaliges Zimmer vermutete. Die hölzerne Absperrung hinderte sie nicht daran, genauso wenig wie die Angst, durch einen Steinbruch etwa zehn Meter in die Tiefe zu stürzen. In Wolkensteins Gemäuern empfand Anne keine Angst, sondern wurde mutig und manchmal sogar übermütig.

„Ich habe unser Auge gerächt, mein werter Herr. Aber ich konnte es ihr nicht auskratzen, dazu war keine Gelegenheit, ich hoffe, Ihr vergebt mir. Säure habe ich verwendet, liebster Oswald, ein ätzendes Gift. Wenn Ihr wüsstet, wie das gezischt hat! Widerwärtig, das Antlitz der guten Isolde, das kann ich Euch versichern. Weißer Schaum und überall Blut, ihre Hände vor ihrem schreienden Mund, die Säfte, die aus ihren Augen quollen. Gespien hat sie vor Schmerzen, furchtbar, ganz furchtbar, mein Herr. Ich habe noch gesehen, wie sie zu Boden gegangen ist. Erst kam niemand, um

2 Aus: Oswald von Wolkenstein, *Zergangen ist meins herzen we* (= Kl. 116).

ihr zu helfen. Dann, als ich bereits an der Straßenecke war, hörte ich das Brüllen ihres Gemahls. Ich wartete. Ein paar Minuten später kam das Rettungsfahrzeug, mit Blaulicht sind sie an mir vorbeigefahren, hinab in Richtung Brixen. Fast war mir, als konnt' ich ihre Schreie trotz der Sirenen wahrnehmen. Einen Moment lang wurde mir blümerant, dann musste ich lachen, bis mir die Tränen kamen. Welch ein Spektakel."

Anne verstummte und schloss das gesunde Auge. Da kamen sie erneut, die Bilder ihrer Vergangenheit. Ganz plötzlich. Elfriede Tschurtschenthaler und Evi Kranebitter, die Susi mitten in der Nacht weckten und in den Keller des Internats im Kloster Neustift schleppten. Wie sie sie herumschubsten und sie schließlich an den Armen festhielten. Susi versuchte, sich loszureißen und den Mädchen zu entkommen. Sie lachten und zerrten an Susis Armen, stellten ihr das Bein, sodass sie der Länge nach hinflog. Sie zogen Susi hoch und zerrten erneut an ihren Armen. Auch das vierte Mädchen war da, Maria Gasser. Sie stand abseits, betrachtete das Geschehen, hielt die Arme verschränkt und hatte ein zufriedenes Lächeln auf den Lippen.

Die Tür zum Keller hatte sich geöffnet und Isolde Gostner war hereingekommen. „Hallo, Susi, du willst doch wie Oswald sein!", rief sie und hielt einen rostigen Nagel in die Höhe. „Dann komm nur her, wir sorgen dafür, dass du wie seine Tochter aussiehst!", sagte sie und hielt den Nagel vor ihr Gesicht. Susi schrie aus Leibeskräften und versuchte vergebens, sich von den anderen beiden Mädchen loszumachen. Isolde spielte vor ihrem Gesicht mit dem Nagel herum, während Susi sich wand. Auf einmal ließen Evi und Elfriede sie los, Susi stolperte und flog. Ein stechender Schmerz folgte und sie verlor das Bewusstsein. Sie war auf Isolde gefallen und hatte sich mit dem Nagel das Auge ausgestochen.

Filippo Magnabosco

Magnabosco stand vor dem Spiegel, rieb sich das Kinn und lauschte dem reibenden Geräusch, das sein Dreitagebart verursachte. Er versuchte, die Bruchstücke der vergangenen Nacht zusammenzusetzen. Sie wurden zu einem Mosaik aus Bier, Schnaps, seinem Freund Sergio Matteotti, einer Faschingsveranstaltung im Bozner Batzenhäusl und einer unbekannten Frau mit einer venezianischen Maske. Während er den Rasierschaum auf seinen Wangen, seinem Kinn und seinem Hals verteilte, rekonstruierte er diese Minuten mit der Unbekannten.

Matteotti hatte ihn in die unteren Räume des Lokals geschleppt. Es war dunkel. Eine Band spielte Partylieder, Hunderte Menschen tanzten dazu. Er selbst hatte sich eine alberne Zorromaske über die Augen gelegt und einen Hut aufgesetzt. Neben ihm tanzte eine Frau, deren Augen und Nase von einer venezianischen Maske verdeckt waren, nur die untere Gesichtshälfte war frei. Er hatte sie aus Versehen angerempelt. Sie drehte sich um und sie tanzten miteinander. *Smoke on the Water*, *I Will Survive*, *Eye of the Tiger*. Dann ein langsameres Lied, er konnte sich nicht mehr an den Titel erinnern. Plötzlich umarmte und küsste sie ihn. Oder hatte er …? Nein, kaum möglich. Nach dem

Kuss deutete sie ihm zu warten und ging kurz weg. Drei Minuten später war sie wieder zurück und steckte ihm eine Serviette zu. Darauf stand ihre Telefonnummer. Dann war sie auf einmal wieder weg. Der Rest des Abends hüllte sich in grauen Schleier. Vermutlich hatte Matteotti ihn nach Hause gebracht.

*

Schweigend fuhren Magnabosco und Carmela über die Staatsstraße in Richtung Klausen, um noch einmal die Lehrerin Giaccaleone zu befragen. Das Wetter zeigte sich von seiner schönsten Seite, der Himmel war strahlend blau. Über dem kleinen Ort konnten sie bereits aus mehreren Kilometern Entfernung das Kloster Säben erkennen.

„Waren Sie schon einmal da oben, Carmela?"

„Ja, Capo. Als Kind mit der Familie, um Ausflüge zu machen. Ist ein schönes Kloster mit vielen Vinkulierungen."

„Verwinkelt, meinen Sie?"

„Ja, genau. Man kann sich richtig verirren da oben."

„Ich würde es mir gerne einmal ansehen, wenn wir mit der Lehrerin fertig sind."

„Gerne, Capo. Wir können gleich nachher hinaufgehen."

*

„Ich hatte Sie schon erwartet", sagte Ersilia Ingeburt Giaccaleone, als sie Magnabosco und Carmela die Haustür öffnete.

„Sie wussten, dass wir kommen?“, fragte Carmela überrascht.

„Ja, mein Gefühl trügt mich selten. Sie trinken doch sicherlich einen Kaffee mit mir? Ich habe auch wunderbare Faschingskrapfen besorgt. Und Crostoli, frisch gebacken.“

„Für uns?“, fragte Magnabosco noch einmal. Es schien tatsächlich so, dass diese Frau neben ihrer fortschreitenden Altersdemenz einen sechsten Sinn hatte. Wie sie allerdings seine Schwäche für frittierte Süßspeisen erkannt hatte, würde ihm ein Rätsel bleiben. „Frau Giaccaleone, wir müssen uns noch einmal über Ihre damalige Schülerin Susi Schwabl unterhalten.“

„Ach ja? Schießen Sie los, Commissario.“

„Ich bin unbewaffnet. Wie dem auch sei, Sie sagten, dass Sie nicht wissen, was aus ihr geworden ist. Sie wissen daher vermutlich auch nicht, ob sie noch lebt?“

„Commissario, ich habe Ihnen nicht die ganze Wahrheit gesagt. Dafür entschuldige ich mich hiermit und schwöre, von nun an nicht mehr zu flunkern. Nachdem Susi die Schule abgebrochen hatte, wurde sie hier oberhalb von Klausen im Kloster Säben aufgenommen. Ich hatte das gemeinsam mit der damaligen Äbtissin organisiert. An das Mädchen war nämlich in keinster Weise mehr heranzukommen. Die Psychologen waren machtlos, die Mutter ebenso. Da fiel mir die Äbtissin ein, ich wusste, dass sie ein gutes Händchen mit jungen Mädchen hatte. Tatsächlich verbrachte Susi Schwabl daraufhin ganze sieben Jahre oben im Kloster Säben in Klausur."

„Hat man sie eingesperrt? Povera ...", sagte Carmela traurig.

„Nein, natürlich nicht. Sie hätte ihren Aufenthalt jederzeit abbrechen und nach Hause gehen können. Nur durfte niemand außer ihrer Mutter und dem Arzt zu ihr. Wir haben sie vor der Außenwelt geschützt, bis sie sich gefangen hatte und von sich aus wieder auf Menschen zuging. Es war ein langer Weg, doch sie hat ihn gemeistert."

„Dann hat sie also sieben Jahre als Nonne gelebt?"

„Nein, sie war keine Nonne, aber sie hat wie eine Benediktinerin gelebt. *Ora et labora et lege*. Das war ihr Leben."

„Bete, arbeite und lies."

„Ganz genau. Nur dass sie nach einiger Zeit das Credo in *Ora et labora et scribe* umgeändert hat. Aber auch das war in Ordnung."

„Sie schrieb?"

„Ja, ohne Unterlass. Sie schrieb Kurzgeschichten, Gedichte, alles, was ihr in den Sinn kam. Meistens handelten sie natürlich vom Mittelalter. Die Geschichten schickte sie mir. Glauben Sie mir, eine war schöner als die andere. Manchmal ein wenig dramatisch und überzeichnet, manchmal ganz nüchtern und einfach. Sie lebte ihre Fantasien aus und bewältigte damit ihre schlimme Vergangenheit."

„Nach sieben Jahren im Kloster war es sicher nicht einfach, wieder in das wirkliche Leben zurückzukehren."

„Nein, das war es nicht. Als Susi etwa fünfundzwanzig Jahre alt war, wurde ihre Mutter krank und sie ging nach Hause, um sich um sie zu kümmern."

„Was hat sie dann getan? Sie hatte ja keine Arbeit und Ausbildung."

„Sie hat geschrieben und ihre Bücher veröffentlicht. Sie bekam eine kleine monatliche Zuwendung vom Staat, weil sie sich um ihre Mutter kümmerte. Irgendwann hatte sie so großen Erfolg mit ihren Büchern, dass sie gut davon leben konnte. Sie wurde richtig reich damit."

„Und nun nennt sie sich Anne Marschall", beendete Magnabosco die Ausführungen der Lehrerin.

„Ach ja, das hatte ich ja ganz vergessen …", sagte sie und erhob sich. Sie ging in ihr Schlafzimmer und kam mit einer kleinen Plastiktüte zurück.

„Ich weiß nicht, ob Ihnen das helfen kann. Ich bekomme immer noch jedes Jahr Post von ihr zu Weihnachten. Sie steckt mir die Karten vermutlich selbst in den Briefkasten, es ist keine Marke drauf. Sie unterschreibt sie auch nicht, weil es Susi ja offiziell schon lange nicht mehr gibt und es sie auch nicht mehr geben soll. Sie unterschreibt immer nur mit ‚In ewiger Dankbarkeit für meine besten Jahre'."

„Dürfen wir die Karten vorerst behalten?"

„Bringen Sie sie mir bitte wieder."

„Das werden wir. Versprochen."

„Und hier ist Ihr Portemonnaie, Commissario. Mein Enkel hat es auf dem Parkplatz unterm Haus gefunden."

Magnabosco stand auf und reichte der alten Dame dankend die Hand. Tatsächlich handelte es sich um seinen Geldbeutel, sogar das Geld im Wert von etwa zweihundert Euro war noch drin. Er war gerührt.

*

Langsam überquerte Magnabosco mit Carmela den Klausner Marktplatz und suchte das Gässchen, das über die Dächer der kleinen Stadt und dann hinauf zum Kloster Säben führte.

An einer Wegbiegung blieb Magnabosco stehen und zog ein Taschentuch aus der Jackentasche, um sich zu schnäuzen. Gerade noch rechtzeitig bemerkte er, dass es die Serviette mit der Telefonnummer der unbekannten Maskenträgerin vom Abend im Batzenhäusel war. Jetzt oder nie, dachte er sich und bat Carmela, ein paar Schritte vorauszugehen.

Nervös wählte er die Nummer und hielt sich das Telefon sofort ans Ohr. Es läutete. Nach dreimaligem Klingeln meldete sich eine Stimme: „Aber Capo, erst schicken Sie mich voraus und dann rufen Sie mich an?“

Anne Marschall

Als Anne die Schritte und das Schnaufen von Marlene vernahm, öffnete sie ihr gesundes Auge. Die Bilder waren bereits verschwunden.

„Ich bin hier, liebste Marlene!", rief sie ihre Assistentin zu sich, die vorsichtig an den Mauern entlangging. „Komm zu mir, keine Sorge, abstürzen kannst du hier nicht."

Marlene hatte Höhenangst, schaffte es aber, zu ihrer Freundin Anne zu gelangen, ohne zu stürzen. Marlene sah sie besorgt an. „Was ist mit dir, Anne? Geht es dir nicht gut?"

„Es ist alles in Ordnung, Liebes. Setz dich zu mir. Ich will dir die Geschichte von Oswald und Barbara erzählen."

„Immer wieder gerne."

„Diese Burg, auf der wir hier sitzen, gehörte zu zwei Dritteln Barbara Jäger, einer geborenen Hauenstein. Sie war Oswalds Geliebte, aber auch seine Feindin. Oswald, dieser Haudegen, versuchte immer wieder, sich diese Burg anzueignen, schließlich hatte er sie ja auch jahrelang bewohnt und seine Kinder hier großgezogen. Jahrzehntelang währte der Streit um den Besitz der Burg, bis sie ihn im Jahre 1427 endlich beilegten.

Dabei war es zu einer Intrige gekommen: Martin Jäger, der Ehemann der Barbara, befahl seiner Frau, sich mit Oswald zu einem amourösen Treffen zu verabreden. Er willigte ein. Wer jedoch dort bei Prissian auf ihn wartete, war nicht etwa seine Geliebte Barbara, sondern Martin mit seinen Soldaten. Sie nahmen ihn gefangen und brachten ihn zur Fahlburg, sperrten ihn monatelang ein und folterten ihn so lange, bis er klein beigab, weil er um sein Leben fürchtete. Von dort brachte man ihn zur Burg Vorst."

„Grausam, Anne. Wie gemein man doch zu ihm war", kommentierte Marlene ihre Erzählung.

„Ja, das stimmt. Allerdings muss man auch zugeben, dass Oswald ein wahrer Hitzkopf war. Komm, lass uns nach Seis gehen, ich möchte noch zur Kirche, bevor die Abendmesse beginnt."

„Zur Kirche?"

„Ja, es ist Zeit für eine milde Spende."

Filippo Magnabosco

Magnabosco war gerade auf dem Weg zu seinem Büro in der Bozner Quästur, als sein Telefon klingelte. Er bremste scharf vor der rot werdenden Ampel ab und nahm ab.

Es war Carmela. Sie weinte.

„Capo, meine Zia. Meine Tante, sie ist … sie liegt …", schluchzte sie.

„Carmela, beruhigen Sie sich. Was ist passiert? Ich verstehe kein Wort."

Laut weinend berichtete Carmela, dass man ihre Tante in der Nacht vor ihrem Haus mit Säure überfallen habe.

Ein Unbekannter habe sie herausgeklingelt und ihr eine ätzende Flüssigkeit ins Gesicht gespritzt. Nun lag sie im Brixner Krankenhaus und kämpfte um ihr Leben. Man hatte sie notoperiert und ins künstliche Koma versetzt. Ihr Herzschlag hatte mehrmals ausgesetzt und man hatte sie wiederbeleben müssen. Es war nicht sicher, ob sie überleben würde.

Carmela sprach in wirrem, schnellem Süditalienisch. Sie weinte, benutzte Schimpfwörter, Magnabosco erkannte seine sonst so fröhliche und besonnene Mitarbeiterin fast nicht wieder. Statt ins Büro zu fahren, drehte er auf der Stelle um und fuhr über die Autobahn nach Brixen.

Er überholte die Lastwagen, hielt sich nicht an die Geschwindigkeitsbegrenzungen an den vielen kleinen Baustellen, nicht einmal in den engen Kurven ging er vom Gas. Der Gedanke an die verzweifelte Carmela brachte ihn fast selbst zum Weinen. Immer wieder bekam er Gänsehaut und feuchte Augen. Ein paarmal war er versucht, sie noch einmal anzurufen, doch womöglich würde sie im Krankenhaus nicht ans Handy gehen.

Magnabosco fuhr an Klausen vorbei und blickte kurz hinauf zum Kloster Säben. Was für eine Blamage, als ihm dort oben klar geworden war, dass er und Carmela sich in der Nacht zuvor beim Faschingsball geküsst hatten, ohne es zu wissen. Wie hätte er denn ahnen können, dass es sich bei der Frau mit der venezianischen Maske um Carmela handelte?

Er hatte sich daraufhin hektisch bei ihr entschuldigt und behauptet, er habe sich verwählt. Sie hatte ihm die Notlüge abgenommen und war weitergelaufen. Er selbst täuschte daraufhin ein Telefonat mit Sergio vor und folgte ihr schnaufend zum Kloster. Als er sie auf einer Sitzbank unterhalb des Klosters warten sah, setzte er sich neben sie und genoss den Ausblick auf das Eisacktal. Sie nahm in ihrer herzlichen, lieben Art einfach seine Hand und hielt sie ein paar Minuten lang. Wie gerne hätte er ihr den Kuss vom Vorabend gestanden, doch irgendwie schien es ihm nicht der richtige Moment zu sein. Nun ärgerte er sich darüber, dass er den Mut nicht aufgebracht hatte.

Wie sollte er Carmela nun trösten? Mit Worten? Einem Händedruck, einem Lächeln? Sollte er sie vielleicht einfach nur in den Arm nehmen und halten? Wie ging man mit einem Menschen um, dessen Verwandter im Koma lag? Nicht mehr am Leben und noch nicht tot, sondern irgendwo dazwischen, an Maschinen hängend, die künstliches Leben in den Körper pumpten und ihn schmerzfrei hielten. Ihn ruhen ließen, ihm die minimale Hoffnung gaben, wieder aufzuwachen und irgendwie weiterzuleben. War es das wert? Welcher Mensch hatte das Recht, einen anderen zum Leben zu zwingen, obwohl es nicht mehr lebenswert war?

Was hatte dieser Überfall auf Carmelas Tante zu bedeuten? Als sie sie zu den Morden an ihren ehemaligen Klassenkameradinnen und zu Susi Schwabl befragt hatten, hatte Isolde Gostner einen sehr kalten und berechnenden Eindruck gemacht. Als Magnabosco das Verschwinden der Schwabl angesprochen hatte, war sie ängstlich geworden, fast schien es, sie hätte einen Geist gesehen. Dabei hatte sie behauptet, an den Hänseleien unbeteiligt gewesen zu sein, eine Mitläuferin, weil sie selbst nicht gemobbt werden wollte.

Vielleicht hatte der Übergriff auf Isolde Gostner nichts mit den anderen Morden zu tun, obgleich der Täter oder die Täterin mit ähnlicher Brutalität vorgegangen war? Warum sollte ein Mörder, der sonst zu mittelalterlichen Folterinstrumenten griff, plötzlich auf Säure umsteigen? Isoldes Mann kam ihm in den Sinn: War er nicht aus dem Süden Italiens hierhergekommen, um als Berufssoldat zu arbeiten? Er war sicher ein guter Kerl, aber vielleicht gab es Neider oder gar eine mafiöse Verbindung, wer konnte das schon so genau sagen? Vielleicht ein versuchter Frauenmord, aus Eifersucht, Rache, Ehre?

Magnabosco fielen so viele Mordmotive ein, dass er fast die Autobahnausfahrt verpasst hätte. Er schüttelte den Kopf und blickte auf sein Handy. Carmela hatte ihn nicht mehr angerufen.

*

Magnabosco fuhr durch die Brixner Innenstadt, bog in die Dantestraße ein und parkte vor dem Krankenhaus. An der Anmeldung fragte er, wo er seine Assistentin Carmela Pasqualina finden würde.

„Herr Magnamosca, gut, dass Sie endlich da sind. Wir warten schon seit einer Stunde auf Sie", sagte die Dame und blickte ihn streng durch ihre Lesebrille an.

„Magnabosco. Ich muss zu Carmela Pasqualina, ihre Tante liegt auf der Intensivstation."

„Ja, schon gut. Ich verstehe Ihre Aufregung", antwortete sie mit einem harten, russischen Akzent und nahm den Hörer des Telefons auf.

Zwei Minuten später tauchte ein Herr in weißem Kittel auf und bat Magnabosco, ihn zu begleiten. Er brachte ihn in ein Untersuchungszimmer.

„Noch einmal. Ich suche meine Assistentin Carmela Pasqualina. Sie muss in der Intensivstation sein."

„Herr Magnamosca, nun beruhigen Sie sich doch. Machen Sie sich bitte schon mal frei. Ich bin gleich bei Ihnen. Und keine Sorge, so eine Prostatauntersuchung tut weniger weh, als die Gerüchte behaupten. Es geht ganz schnell."

Magnabosco wurde sauer und suchte nach seinem Polizeiausweis. Er fand ihn nirgendwo, natürlich, deshalb wollte er ja auch ins Büro fahren, er hatte ihn dort vergessen.

„Prostatauntersuchung? Hören Sie mal, meinem Hintern geht es wunderbar. Ich bin von der Polizei, Kripo Bozen. Mein Name ist Magnabosco, nicht Magnamosca, haben Sie verstanden?", brüllte er den Arzt an.

„Möchten Sie etwas zur Beruhigung?", fragte eine Krankenschwester.

„Herr Magnamosca, ich verstehe Sie, aber ich habe wenig Zeit", sagte der Arzt bestimmt. „Sie werden jetzt Ihren Allerwertesten freimachen. In drei Minuten haben Sie es überstanden."

In diesem Moment klingelte sein Handy. Mit schwitzenden Händen erkannte er Carmelas Namen auf dem Display und hob ab.

„Capo, wo bleiben Sie denn? Mein Zio ist auch hier. Er ist total durchgetreten. Er sagt, es sei der Gärtner von Novacella gewesen."

„Durchgedreht, Carmela? Wo genau sind Sie?"

„Im Orbitorio, Capo. Meine Tante hat es nicht geschafft." Dann legte sie auf.

Der Arzt sah ihn entschuldigend an und gab ihm die Hand.

„Ich habe ‚Orbitorio' gehört. Mein Beileid, Herr Magnabosco. Ich vermute, Sie wurden verwechselt, Verzeihung. Sie wissen, wo Sie hinmüssen?"

„Ja, das weiß ich. Leider kenne ich mich in der Gerichtsmedizin besser aus als hier, wo die Lebenden behandelt werden."

Andreas Schmalzl

Andreas Schmalzl konnte es kaum fassen, als er auf dem Parkplatz des Brixner Krankenhauses seinen Wagen parkte. Keine Journalisten weit und breit, dafür sah er ein Grüppchen Carabinieri, die um einen wütend gestikulierenden Mann herumstanden und versuchten, ihn zur Vernunft zu bringen.

Schmalzl stieg aus und näherte sich in sicherem Abstand den uniformierten Männern. Der Mann in ihrer Mitte tobte, sein Gesicht war dunkelrot angelaufen. Eine Polizistin in Zivil griff immer wieder an seinen Arm, um ihn zu beruhigen.

Sie kam Schmalzl bekannt vor. Er hatte den untersetzten, ungepflegten Kommissar und seine junge, schmeichelhafte Assistentin bereits in Waidbruck angetroffen, als man den abgetrennten Finger im Klingelbeutel gefunden hatte. Waren sie nun auch mit der Klärung dieses Frauenmords beauftragt worden?

„Dieses Schwein hat sie umgebracht! Meine arme Isolde! Was soll ich denn bloß ohne sie machen? Und wie soll ich es den Kindern beibringen?“, brüllte der Mann.

Schmalzl lauschte angespannt. Der Mann schwor Rache gegen einen Gärtner, der seine Frau schon seit ihrer Jugend belästigt habe. Immerzu sei er ihr nachgelaufen: in der Schule, bei ihrer Arbeit im Schuhgeschäft, seit einigen Jahren habe er sie bedrängt, ihr im eigenen Garten zu helfen. Und nun, da sie seine Avancen nicht akzeptiert habe, habe er sie mit Säure angegriffen. Er habe sie grausam verstümmelt und umgebracht. Auch er, Giuseppe, wolle nun nicht mehr leben, aber vorher, ja vorher würde er es diesem Mörder zeigen.

Unvorsichtig und zornesblind sprach Isoldes Witwer Morddrohungen vor den Carabinieri gegen den Mann aus, der sich um die Gärten von Neustift und den Klöstern in der Brixner Runggadgasse kümmerte.

Filippo Magnabosco

„Carmela, nehmen Sie sich bitte die nächsten Tage frei. Ich kann Sie an diesem Fall nicht mitarbeiten lassen. Nicht, wenn es um Ihre Verwandte geht."

Carmela drehte den Kopf zur Seite wie ein kleines, beleidigtes Schulmädchen.

„Nehmen Sie es nicht persönlich. Ich muss mich an die Vorschriften halten."

Sie antwortete nicht und Magnabosco widerstand gerade noch dem Drang, ihr über die Wange zu fahren. Schnell legte er die Hand auf den Schaltknüppel und hielt vor der roten Ampel an einer der Baustellen auf der Brennerautobahn, die sie wieder nach Bozen führte.

„Ich bin nicht beleidigt. Ich bin gestört", schniefte Carmela.

„Verstört, Carmela. Gestört sind Sie ganz bestimmt nicht."

„Capo … ich glaube meinem Onkel nicht. Es war nicht der Gärtner. Warum sollte er so etwas tun? Welches Motiv hätte er?"

„Das ist der dritte Mord. Die anderen beiden Opfer wurden erst gequält und dann mit einer Gartenharke erschlagen. Alle drei lebten in Neustift und kannten den Gärtner. Die ersten beiden wurden in den Gärten gefunden, wo er tagtäglich arbeitet. Er hat nach dem ersten Mord bereits eine Mordwaffe vor uns versteckt und sie uns dann blitzblank poliert präsentiert."

„Aber die Folter", entgegnete Carmela, „sie passt nicht ins Bild. Was weiß denn ein Gärtner schon vom Mittelalter und wie man damals die Menschen gequält hat? Ein Gärtner kennt Blumen und Pflanzen und vielleicht Gift gegen Läuse, aber er weiß doch nichts von einer Zungenzange und einer Daumenschraube."

„Und wenn er nur diesen letzten Mord begangen hat? Hier gab es kein Folterinstrument. Nur einen Angriff mit Säure."

„Zunge, Finger, Auge."

Magnabosco nickte und trommelte leise auf das Lenkrad.

Carmela nahm ein Taschentuch aus ihrer Jacke und schnäuzte sich geräuschvoll.

Magnabosco ließ den Wagen anrollen und schimpfte leise über einen deutschen Touristen im Auto vor ihnen, der sich an die Geschwindigkeitsvorschriften hielt. „Kann er oder will er nicht schneller? Diese Deutschen …"

„Capo, bitte, lassen Sie mich weiterarbeiten. Ich nehme mir danach Urlaub, promesso."

„Nein, Carmela. Ich bringe Sie jetzt nach Hause und Sie rühren sich nicht vom Fleck. Essen und schlafen, das ist ein Befehl. Oder machen Sie Sport, von mir aus. Und heute Abend nach Dienstschluss komme ich höchstpersönlich vorbei, um es zu kontrollieren."

Magnabosco zwinkerte Carmela zu und sie lächelte zum ersten Mal an diesem Tag. Sogar ihre verweinten Augen strahlten, als er ihr zum Abschied durch das Seitenfenster winkte und davonfuhr, um mit dem Gärtner zu sprechen.

*

Magnabosco wies Karl Unterkofler den Weg zum Verhörraum. Dieser setzte sich, Magnabosco blieb stehen.

„Herr Oberkofler, seit wann kannten Sie Frau Gostner?"

„Isolde? Seit gut vierzig Jahren. Wo ist denn die kleine nette Kommissarin, die das letzte Mal bei Ihnen war? Von der würde ich mich viel lieber verhören lassen", fragte der Mann und grinste breit. Eine Reihe ungepflegter Zähne wurde sichtbar.

„Sie waren mit ihr befreundet?", fragte Magnabosco genervt.

„Mit der Kommissarin? Nein, leider nicht. Aber was nicht ist, kann ja noch werden."

„Lassen Sie das, Herr Oberkofler. Isolde Gostner – wie gut kannten Sie sie? Sie haben sich ja schließlich um ihren Garten gekümmert."

„Ich habe ihren Kirschbaum einmal im Jahr zurückgeschnitten. Und ja, wenn sie keine Zeit hatte, habe ich auch ab und zu an ihren Rosen gezupft."

„Ihr Mann behauptet, Sie hätten ihr schon seit der Schulzeit nachgestellt. Ist dem so, Herr Oberkofler?"

„Bitte degradieren Sie mich, Herr Kommissar."

„Wie bitte?", fragte Magnabosco.

„Mein Name ist Unterkofler, nicht Oberkofler. Und nein, ich habe ihr nicht nachgestellt. Typisch, dass der Walsche immer gleich eifersüchtig wird. Und jetzt soll ich sie vermutlich auch noch umgebracht haben, oder Herr Kommissar, ist doch so?"

„Welche Mittel benutzen Sie zur Schädlingsbekämpfung?"

„Seifenwasser und gelegentlich etwas Schneckenkorn. Brauchen Sie Gartentipps?"

„Nein, danke, meine Primeln sterben von ganz alleine." Magnabosco musste sich zusammenreißen.

„Ich kann gerne mal nach ihnen sehen, Commissario."

„Nicht notwendig. Sie haben also keine Chemikalien oder irgendwelche Säuren vorrätig?"

„Die würden ja auch die Pflanzen umbringen, also nein."

„Das werden wir prüfen. Sie kannten Isolde Gostner also schon seit ihrer Schulzeit. Dann werden Sie sicher auch mit Frau Tschurtschenthaler und Frau Kranebitter bekannt gewesen sein?"

„Die zwei Frauen, die umgebracht wurden?"

„Ganz genau. Gefunden hat man sie in den Gärten, in denen Sie arbeiten. Und erschlagen hat man sie mit den Gartengeräten, die Sie benutzen. Aber das kann natürlich alles Zufall sein, Herr Oberkofler. Sie erinnern sich an die Harke, die Sie erst geputzt haben, bevor Sie der Polizei Bescheid gegeben haben?"

„Das Ding war voller Dreck. Es sah aus, als hätte man damit eine Kanalratte geschlachtet!"

„Das ist kein Grund, sie sofort zu säubern. Hätten Sie sie so gelassen, wie sie war, wären Sie jetzt aus dem Schneider. Sagt Ihnen der Name Susi Schwabl etwas?“

„Schwabl ... Schwabl ... War das nicht das einäugige Mädchen?“, fragte Unterkofler und machte ein nachdenkliches Gesicht.

„Hervorragendes Gedächtnis. Was fällt Ihnen zu ihr ein?“

„Ist die nicht tot?“

„Laut Gerüchten ja.“

„Ich weiß noch, dass sie von den Mädchen wie die Pest gemieden wurde. Wenn sie einmal mit jemandem sprach, dann nur mit ihrer Lehrerin, dieser Giaccaleone. Die muss inzwischen auch an die neunzig sein. Lebt die wenigstens noch?“

„Eine rüstige alte Dame, ja, sie lebt noch. Wo waren Sie letzte Nacht gegen dreiundzwanzig Uhr?“

„In meinem Bett. Mein Grauhaardackel kann das sicher bezeugen.“

Magnabosco konnte sich ein Lächeln gerade noch verkneifen. „Gibt Ihnen Ihr Dackel auch ein Alibi für die anderen zwei Morde?“

„Das will ich schwer hoffen. Sonst muss er sich sein Hundefutter bald selbst kaufen.“

„Andere Zeugen?“

„Nein, leider nicht. Ich lebe allein, Herr Kommissar.“

„Nachbarn, die Sie vielleicht gesehen haben könnten?“

Unterkofler schüttelte den Kopf.

„Halten Sie sich zur Verfügung."

Der Gärtner stand auf, rückte seine blaue Schürze zurecht und setzte seinen Hut auf.

Pater Antonius

In seinen vierundsiebzig Lebensjahren hatte Pater Antonius schon vieles erlebt. Eigentlich war er bis zu jenem Morgen davon überzeugt gewesen, dass ihn nichts mehr aus der Ruhe bringen könne. Weder die Dummejungenstreiche seiner wechselnden Ministranten noch die kleinen Vergehen, die zuweilen unter der Dorfbevölkerung in Seis vorkamen. Er sah aus dem Fenster seiner kleinen Wohnung hinauf auf die Santnerspitze und fragte sich, was das alles sollte. Wer hatte den Mut, ausgerechnet im Beichtstuhl ein gläsernes Auge zu hinterlegen?

Als er es in den frühen Morgenstunden entdeckt hatte, war er vor Ekel und Bestürzung einen Moment lang zusammengezuckt, dann hatte er sein Taschentuch genommen und es mit spitzen Fingern aufgehoben. Die Erkenntnis, dass es sich um ein aus Glas geformtes Auge handelte, ließ Pater Antonius aufatmen. Dennoch: Es war eine grausame Geste, auf die er seine Gemeinde aufmerksam machen musste, am besten gleich heute bei der Predigt. Welches Thema lag da näher als das des alttestamentlichen Gesetzes *Auge um Auge, Zahn um Zahn*?

Pater Antonius fielen die Schlagzeilen der letzten Wochen und Monate ein, die er in der Zeitung verfolgt hatte. Die Frauenmorde in und um Brixen, verübt mit mittelalterlicher Grausamkeit. Dann die Frau aus Natz, der man Säure ins Gesicht gespritzt hatte. Die furchtbaren Funde in den Kirchen zu Wolkenstein und Waidbruck. Nun hatte er ein Auge in seiner Kirche zu Seis gefunden. Konnte hier ein Zusammenhang bestehen?

Mit zittrigen Händen wählte Pater Antonius die Nummer der Bozner Quästur und berichtete von seiner Entdeckung. Er wurde mit mehreren Dienststellen verbunden, doch keiner der Beamten schien sein Anliegen sonderlich ernst nehmen zu wollen.

Nachdem Antonius mit dem siebten Polizisten gesprochen hatte, legte er den Hörer auf und schrieb die Predigt nieder. Sie ging ihm so leicht von der Hand, dass er beinahe ein Dankesgebet gen Himmel geschickt hätte.

*

„Liebe Gemeinde,

es ist für euch nichts Neues: Gott schuf den Himmel und die Erde. Dann schuf er den Menschen und setzte ihn in das Paradies. Gott sah all dies mit seinen Augen an, und es war gut so.

Doch dann, nach dem Sündenfall, wurde alles anders: Der Mensch wurde aus dem Paradies vertrieben und war nun zum Teil sich selbst und seinem gefallenen Wesen überlassen. Gottes gute Schöpfung und damit sein Plan für den Menschen hatten einen Makel bekommen. Der Mensch musste mit der Welt und seinen Mitmenschen selbst klarkommen. Kaum war dies geschehen, kam es auch schon zum ersten Mord der Weltgeschichte: Kain tötete seinen Bruder Abel und zeigte uns das schlechte Ergebnis menschlichen Handelns und Denkens.

Die Geschichte der Welt hat uns gezeigt, was dabei herauskommt, wenn der Mensch selbst, ohne Gott, der Maßstab allen Denkens ist, wenn der Mensch sein eigenes Reich und Gesetz erbaut. Am Anfang, als Gott die Welt erschuf, war diese in Einklang mit Gott, doch jetzt regiert der Mensch. Diese Welt funktioniert nicht mehr. Wir sehen es an den vielen Kriegen, die die Menschen als heilig bezeichnen, am Holocaust, an Hungersnöten und Flüchtlingsströmen und sogar bei uns, in unserer Heimat, wo in den letzten Monaten grausamst gemordet wurde.

Gott gab im Alten Testament dem Menschen Regeln, um ihn in dieser gefallenen Welt vor sich selbst zu schützen. Wenn Gott sagt: *‚Auge um Auge, Zahn um Zahn‘*, dann will er uns vor der Racheeskalation schützen. Die Vergeltung einer Missetat wird auf das Maß der Tat begrenzt. Gleichzeitig zeigt Gott hier menschliche Züge: Vergolten werden soll in dem Maße, in dem die Schuld entstanden ist. Es entspricht dem Gerechtigkeitsempfinden des Menschen, so zu handeln. Selbst unsere Justiz hat die sogenannte angemessene Vergeltung zu einer Grundlage der Entscheidung gemacht: Wenn ich am Auto eines anderen einen Schaden verursache, dann muss ich diesen Schaden in voller Höhe ersetzen. Nicht weniger, aber auch nicht mehr.

Denkt aber auch daran, dass dieses Gebot nicht dafür gedacht war, dass der Einzelne seine persönlichen Rachegedanken ausleben konnte. Das Gesetz *Auge um Auge, Zahn um Zahn* galt als Grundlage für die Rechtsprechung durch Älteste und Richter. Im Regelfall wurde dieses nicht einmal wörtlich angewandt: Derjenige, der den Schaden verursacht hatte, musste ihn mit Geld oder Ähnlichem wiedergutmachen. Eigentlich also eine ganz *moderne* Gesetzgebung und der damaligen Zeit in vielem voraus!

Der Schöpfer gab den Menschen ein Gesetz mit auf den Weg, damit das gemeinsame Leben gelingen kann. Er hat es mit seinen Worten also sicher nicht böse gemeint und wollte uns damit auch ganz sicher nicht zur übertriebenen Selbstjustiz auffordern!

Im Alten Testament, Exodus nach Luther, steht: ‚*Entsteht ein dauernder Schaden, so sollst du geben Leben um Leben, Auge um Auge, Zahn um Zahn, Hand um Hand, Fuß um Fuß, Brandmal um Brandmal, Beule um Beule, Wunde um Wunde, Strieme um Strieme.*‘ Jesus lehrte und sprach: ‚*Ich aber sage euch, dass ihr nicht widerstreben sollt dem Übel, sondern, so dir jemand einen Streich gibt auf den rechten Backen, dem biete auch den andern dar.*‘ Jesus fordert uns alle also zur Barmherzigkeit auf, dazu, das Strafmaß den Richtern zu überlassen und unseren Nächsten zu lieben.

Wie ist das im Neuen Testament? Genau so, liebe Gemeinde! Der Gott der Gnade wird in Jesus Christus ganz klar dargestellt. Er lässt sich für die Sünden der ganzen Welt ans Kreuz schlagen und wird somit zum Erlöser für alle, die an ihn glauben. Das ist Gnade pur.

Das ist die eine Seite der Medaille, die andere zeigt aber auch das ewige Verlorensein für alle, die nichts von Jesus und Gottes Gnade wissen wollen. Merket euch: Die Christen sollen keine Rache üben an denen, die an ihnen schuldig geworden sind, sondern dem Zorn Gottes Raum geben, denn sein allein ist die Rache: *‚Ich will vergelten, spricht der Herr.‘*

Liebe Gemeinde, warum erzähle ich euch von der Barmherzigkeit Gottes und den falschen Auslegungen seiner Worte? Ich habe heute Morgen im Beichtstuhl einen gruseligen Fund gemacht: Jemand hat ein gläsernes Auge niedergelegt. Ich kann mir nicht vorstellen, dass es sich um einen Kinderstreich handelt. Ich denke, da steckt mehr dahinter, ein Hinweis, vielleicht auch eine Art Hilfeschrei. Ich möchte denjenigen, der dies getan hat, bitten, sich in den nächsten Stunden in meiner Kirche einzufinden und seinen gläsernen Besitz zurückzunehmen. Es wird zu keiner Anzeige oder Strafe kommen, aber ich bitte herzlichst darum, diese Dinge nicht zu wiederholen.“

*

Als die Messe beendet war und Pater Antonius seine Gemeinde verabschiedet hatte, sah er, dass ein Herr vor dem Beichtstuhl stehen geblieben war.

„Möchtest du die Beichte ablegen, mein Sohn?“, fragte er ihn und hoffte, dass er sich zu seiner Tat bekennen und das Glasauge mitnehmen würde.

„Ich bekenne mich unschuldig, Pater. Mein Name ist Magnabosco, Kripo Bozen. Wo ist das Auge?“

Pater Antonius gab dem Polizeibeamten die Hand und bat ihn in die Kammer hinter dem Altar. Dort zeigte er auf einen kleinen, hölzernen Tisch, auf dem das Glasauge lag.

Magnabosco trat näher, betrachtete es eingehend, fasste es aber nicht an. Die Ähnlichkeit mit einem echten Auge erschütterte ihn.

„Sie haben es hoffentlich nicht angefasst?“

Der Pater schüttelte den Kopf.

„Nein, ich dachte erst, es sei echt. Ich habe es sofort in ein Taschentuch gewickelt.“

„Sehr gut. Wir lassen es hier liegen. Vielleicht war es ja wirklich nur ein schlechter Scherz und jemand holt es im Laufe des Tages wieder ab.“

„Wer tut so etwas?“, fragte Pater Antonius. „Und warum?“

„Genau das versuchen wir herauszufinden, Pater. Wird die Kirche videoüberwacht?“

„Nein, das war bis jetzt nicht notwendig. Ich habe auch niemanden gesehen, der sich auffällig verhalten hätte.“

„Wann sind Sie zum letzten Mal im Beichtstuhl gewesen? Ich meine, bevor Sie das Auge gefunden haben.“

„Ich gehe täglich hinein. Jemand muss es also gestern hinterlassen haben.“

„Ich werde heute hier in Seis bleiben, Pater. Falls jemand kommt, um das Auge abzuholen, lassen Sie ihn bitte nicht gehen und melden sich umgehend bei mir. Es reicht, wenn Sie meine Nummer wählen und nach ein paar Zeichen auflegen. Dann haben wir bessere Chancen, dass derjenige nicht sofort die Flucht ergreift."

„Ist gut, Herr Kommissar. Darf ich Ihnen inzwischen ein Gläschen Messwein anbieten, um die Wartezeit zu verkürzen?"

Andreas Schmalzl

Andreas Schmalzl lauschte dem Vibrieren seines Mobiltelefons etwa eine halbe Minute lang, bevor er abhob. Einen sonntäglichen Anruf seines Patenkindes Peter hatte er weder erwartet noch erhofft. Dennoch bemühte er sich, das Kind so freundlich wie möglich zu begrüßen, schließlich war Peter ein wohlerzogener Junge, der nie nach den verpassten Weihnachts- und Geburtstagsgeschenken der letzten Jahre gefragt hatte.

„Onkel, heute Morgen hatte ich einen Gottesdienst."

„Du bist Ministrant, Peter. Was ist daran so besonders?"

„Der Pater Antonius hat im Beichtstuhl ein Auge gefunden."

Schmalzl fiel der Stift aus der Hand. Mit einem Ächzen hob er ihn vom Boden auf. Hitze stieg ihm ins Gesicht. Er zwang sich zur Ruhe.

„Was meinst du damit, ein Auge im Beichtstuhl? Ein echtes Auge etwa?"

„Nein, es war aus Glas oder Wachs, glaube ich. Aber Pater Antonius hat gesagt, dass man es sich abholen soll, wenn es einem gehört."

„Gehört es dir denn?"

„Nein, aber ich finde so ein Auge echt cool. Damit könnte man einen Haufen Menschen erschrecken. Ich will es haben, aber Mama und Papa wollen nicht mitkommen. Sie haben ganz fest mit mir geschimpft."

„Weißt du was, Peter, ich mache dir einen Vorschlag. Ich komme mit dir mit. Du gehst in die Kirche und holst das Auge. Behaupte einfach, es sei deines, und entschuldige dich für deinen Scherz. Kann sein, dass der Pater mit dir schimpft, aber daraus musst du dir nichts machen. Dann gibst du mir das Auge."

„Aber ich möchte es doch behalten!"

„Ich werde es dir abkaufen. Das Auge gegen ein Xbox-Spiel. Du darfst dir eines aussuchen. Was sagst du dazu?"

„Und warum willst du das Auge haben?"

„Ich werde es eine Weile aufbewahren, und wenn deine Eltern es vergessen haben, sollst du es bekommen. Aber das kann natürlich ein paar Wochen dauern, du musst also Geduld haben."

Peter sagte nichts. Andreas wartete ungeduldig auf die Antwort des Kindes.

„Na gut", sagte Peter schließlich.

„Dann starte ich jetzt nach Seis. Geh zur Kirche, wir treffen uns dort."

„Ja, Onkel."

„Und überleg dir, welches Spiel ich dir kaufen soll."

*

Schmalzl lehnte seinen Kopf gegen die Nackenstütze und atmete tief durch. In den nächsten Minuten würde sein Patenkind mit dem Auge in der Hand durch die Kirchentür treten und sich dann direkt zu ihm ins Auto setzen. Er würde mit ihm ins Einkaufszentrum in die Landeshauptstadt fahren, wo selbst am Sonntag alle Geschäfte offen hatten. Dort würde er ihm ein Computerspiel kaufen und ihn dann schnellstmöglich wieder nach Hause bringen. Der Junge würde das Glasauge sowieso gleich wieder vergessen, war Schmalzl sich sicher.

Er ließ seinen Blick zu den nahen Felsen des Schlerns gleiten. Woher der imposante Berg, das Wahrzeichen Südtirols, wohl seinen Namen hatte? Aus dem Ladinischen, nahm man an. Salara, Salera, Saljera, all diese Worte bedeuteten Wasserlauf und der Schlern war schließlich bekannt für seine vielen Wasserläufe an den Flanken und in den Schluchten. Ein Wasserberg also, sinnierte er.

Dann sah er hinüber zur Burgruine Hauenstein. Es war nun etwas mehr als sechshundert Jahre her, dass Oswald mit seiner frisch Vermählten Margarete von Schwangau auf die Burg gezogen war. Auch wenn sie ihm nur zu einem Drittel gehörte und er eigentlich seine Schulden bei Martin Jäger hätte begleichen können, empfand er es als einfacher, die Burg zu besetzen. Martin Jäger in Tisens, einem Dörfchen im Burggrafenamt, gefiel das nicht. Sein Ziel hieß ab dem Moment der Besetzung: Schmeißt den Einäugigen aus meinen Gemäuern! In der Tat dauerte der Streit um Hauenstein ein gutes Jahrzehnt an und endete für Wolkenstein in Gefangenschaft und Folter. *„Ich hör die*

Vöglein klein und groß in meinem Wald um Hauenstein", hatte der Minnesänger in seinem *Hauensteinlied* gesungen.

Es gab eine Sage zu dem Felsklotz, auf dem man die Burg errichtet hatte. Man erzählte sich von einem kleinen See, auf dem in sternklaren Nächten eine Wassernymphe in einem silbern glänzenden Kahn umhergondelte. Wie sie da so schwerelos übers Wasser glitt, fiel sie einem Kobold auf, der sich sofort Hals über Kopf in sie verliebte. Er zog sein feinstes Gewand an und versuchte, die Nymphe zu umwerben. Die Nymphe zeigte aber kein Interesse und ließ ihn eiskalt abblitzen. Den Berggeist packte die blinde Wut, er rannte den Berg hinauf, entwurzelte Bäume und brachte Felsbrocken ins Rollen. Auf dem größten dieser Brocken bauten die Hauensteiner ihre Burg. Ob die Nymphe wohl darunter begraben lag, fragte Andreas sich und wurde von seinem Patenkind aus den Gedanken gerissen.[3]

„Da schau, Onkel, das Auge!", rief Peter und streckte ihm mit dreckigen Fingern ein täuschend echt aussehendes Glasauge entgegen.

Andreas zuckte einen Moment zurück, dann betrachtete er das Kunstwerk. Wer es wohl angefertigt hatte?

„Peter, das hast du toll gemacht. Hat der Pfarrer sehr geschimpft?"

---

3 Teilweise aus: Dieter Kühn, *Ich Wolkenstein. Die Biographie*, Frankfurt a. M. 2011, S. 338.

„Och, eigentlich nicht. Er hat die ganze Zeit gelacht und ein bisschen komisch gesprochen. Da war noch ein Mann bei ihm.“ Er stieg ins Auto ein.

„Was für ein Mann?“

„Ich kenne ihn nicht. Da schau, jetzt kommen sie aus der Kirche.“

Schmalzl sah den Kommissar, der lachend dem Pater die Hand schüttelte und umständlich nach seinen Autoschlüsseln suchte.

Mit quietschenden Reifen verließ Schmalzl den Parkplatz.

„Waren die beiden betrunken?“, fragte er Peter und drosselte die Geschwindigkeit seines Fahrzeuges.

„Ja, ich glaube schon.“

Schmalzl schmunzelte, dabei hätte er am liebsten laut gelacht. Dieser Magnabosco würde den Fall in den nächsten Stunden abgeben müssen: Alkohol im Dienst und dann nicht einmal solch eindeutige Beweismittel sichern. Wie konnte dieser Mann sich nur so dämlich anstellen?

Marlene Pittscheider

Er war da, endlich. Der langersehnte Frühling kündigte sich an. Marlene öffnete ein wenig den Reißverschluss ihrer Winterjacke und spürte den ersten warmen Luftzug des Jahres auf ihrem Hals. Sie atmete tief durch, betrachtete die noch blattlosen Büsche und Sträucher, die den Eisack von seiner Promenade trennten. Hier und da konnte sie ein paar grüne Knospen entdecken, sogar einige verschlafene Bienen summten herum.

Sie blieb stehen, lauschte, hörte das Rauschen des kleinen Flusses und das Knacken und Knistern des schmelzenden Eises. Dann wurde es wieder ein wenig dunkler und kühler, eine Wolke verdeckte die Sonne. Marlene ging weiter, lächelte und begrüßte einen älteren Herrn, der auf einer Parkbank saß.

Beschwingt schlenderte Marlene über die Brixner Adlerbrücke, sah sich die Auslagen in den kleinen traditionellen Geschäften an und sog den deftigen Knoblauchduft ein, der aus dem türkischen Imbiss drang. Sofort lief ihr das Wasser im Mund zusammen. Dann schalt sie sich, nein, halb zehn Uhr morgens war sicher nicht die richtige Uhrzeit für orientalisches Fastfood.

Nach dem Michaelstor machte sie kurz an einem Stand Halt, der Wurstwaren, Schüttelbrot und viele andere heimische Produkte verkaufte. Anne hatte ihr aufgetragen, Waldhonig zu kaufen, er musste von einem bestimmten Imker sein, bloß nicht den aus dem Supermarkt, hatte sie ermahnt. Marlene hatte gehorsam gelächelt und das Geld für den Einkauf abgelehnt. Sie hatte ihrer Freundin versprochen, ein großes Glas ihrer liebsten Süßspeise zu ergattern und sie ihr noch am selben Nachmittag vorbeizubringen.

Nach dem Einkauf passierte Marlene die Großen Lauben, grüßte den Wilden Mann und die Säbenerin unter dem Stadeltor. Wieder gelang es ihr, durch kurzes Stehenbleiben den Blick der Passanten auf dieses Kunstwerk in Brixens Altstadt zu lenken. Dieses kleinen Spieles mit den Touristen würde sie nie satt werden.

*

Daheim angekommen, öffnete sie die Haustür und zog ein braunes Päckchen aus dem Postkasten. Der Aufschrift nach stammte es von einem Onlinehändler, war aber sicher wiederverwertet worden. Ein Absender war darauf nicht zu finden. Marlene konnte sich nicht entsinnen, irgendwelche Gegenstände bestellt zu haben oder ein Paket von jemandem zu erwarten.

Sie legte es auf den Küchentisch und rief Anne an.

„Anne, ich komme am frühen Nachmittag zu dir. Ich muss vorher noch etwas erledigen“, erklärte sie.

„Ist gut, liebste Marlene. Ich möchte, dass du mich heute Nachmittag ins Burggrafenamt begleitest.“

„Du willst nach Meran?“, fragte Marlene.

„Fast, mein Kind.“

„Was hast du vor?“

„Eine Ausfahrt, Inspiration, mein Herz, mir verlangt danach. Komm einfach, wann es dir beliebt. Wenn’s dir möglich ist, bald nach dem Mittagsmahle.“

„In Ordnung, bis später, Anne.“

Marlene legte auf, nahm ein Messer zur Hand und öffnete das braune Päckchen.

Hervor kam ein wenig Füllmaterial, dann ein Glasauge. Marlene schrak zurück, stieß es von sich und schüttelte sich vor Ekel. „Schöne Grüße aus Seis!“, stand auf einer losen Grußkarte, die mit dem Computer geschrieben worden war.

Marlene setzte sich und zwang sich selbst zur Ruhe. Sie atmete tief durch, schloss die Augen. Seis. Sie sah Anne auf der Burg Hauenstein sitzen, wie sie ihr von ihrem mittelalterlichen Idol erzählt hatte, wie sie hinunter ins Dorf gefahren waren, um Kaffee zu trinken und Torte zu essen. Anne war kurz in die Kirche gegangen, um eine milde Spende dortzulassen, hatte sie behauptet. Sie war nicht lange geblieben, gerade mal ein paar Minuten, um sich zu bekreuzigen und ein paar Euro in den Spendenkasten fallen zu lassen.

Wer erlaubte sich derartige Scherze mit ihr? Warum ein Auge, warum der Gruß von ihrem letzten Ausflugsziel? Marlene dachte kurz daran, Anne dazu zu befragen, entschloss sich dann aber dagegen. Warum sollte sie ihre Freundin mit diesen düsteren Spielchen beunruhigen? Besser, sie verständigte die Polizei und erstattete Anzeige.

Während Marlene die Nummer der Brixner Polizei wählte, kam ihr der Säureangriff auf die arme Frau in Natz in den Sinn. War es eine Warnung, würde sie, Marlene, die Nächste sein?

*

Marlene wurde in ein karg eingerichtetes Zimmer gebeten, man fragte, ob sie Kaffee wolle. Sie lehnte dankend ab. Man bat sie um ein wenig Geduld, gleich würde ein Kommissar aus Bozen da sein. Sie fragte sich, ob in der Brixner Polizeiwache wohl Personalmangel herrschte, äußerte sich aber nicht dazu. Ihr war nicht danach, zu reden.

Marlene hatte Angst und empfand heftige Abscheu bei dem Gedanken an das künstliche Auge, welches sie soeben bei einem freundlichen diensthabenden Polizisten abgegeben hatte. Sie war froh, dass sie nicht gemeinsam mit dem Auge in diesem Büro warten musste.

Etwa vierzig Minuten später wurde die Tür aufgestoßen. Dem Beamten, der sie zuvor hierherbegleitet hatte, folgte ein Herr in Zivil. Er hielt das braune Paket in der Hand. Wieder sträubten sich Marlenes Nackenhaare.

„Guten Tag, Frau …?“

„Pittscheider. Marlene Pittscheider.“

Sie betrachtete den Herrn in Zivil, der sich ihr als Kommissar Magnabosco vorstellte, Kripo Bozen. Er begrüßte sie mit einem feuchten Händedruck. Seine Augen flackerten nervös.

„Woher haben Sie dieses Paket?“, fragte der Kommissar.

„Ich habe es heute Vormittag aus dem Briefkasten gezogen.“

„Haben Sie den Inhalt angefasst?“

„Nein, ich habe das Auge gesehen und mich gegraust. Und dann habe ich die Polizei angerufen. Man hat mir gesagt, ich solle mich zur Dienststelle begeben. Und hier bin ich nun. Habe ich etwas falsch gemacht?“

„Nein, natürlich nicht. Was ist mit dem Gruß, der mitgeschickt wurde? Sagt Ihnen der etwas?“

Marlene bemerkte, dass der Kommissar schwitzte. Sein dunkles Haar war feucht, eine Schweißperle rann in den Bund seines grauen Wollpullovers.

„Nein, ich habe keine Ahnung, was das soll. Ich war kürzlich in Seis, um einen Spaziergang zu machen und einen Kaffee zu trinken. Aber sonst weiß ich damit wirklich nichts anzufangen. Meinen Sie, der Frauenmörder hat es auf mich abgesehen?“

„Wen meinen Sie mit ‚Frauenmörder‘, Frau Pittscheider?“

„Na ja, in den letzten Monaten gab es drei Morde an Frauen und nun schickt mir ein Unbekannter so ein widerliches Ding. Ist das eine Warnung? Bin ich die Nächste?“

„Wir tun alles in unserer Macht Stehende, um die Morde aufzuklären. Was hat Sie denn nach Seis geführt, Frau Pittscheider?“

„Ich habe eine Freundin dorthin begleitet. Wir waren auf der Burg Hauenstein und haben uns anschließend bei Kaffee und Kuchen aufgewärmt. Ein ganz normaler Sonntagsausflug."

„Wer ist diese Freundin?"

„Sie heißt Anne Marschall, lebt sehr zurückgezogen. Sie ist eigentlich meine Arbeitgeberin. Ich bin dafür zuständig, dass sie in Ruhe gelassen wird."

„Die Autorin?"

„Ja, genau."

„Ich habe von ihr gehört. Bitte schreiben Sie uns den Kontakt auf. In der Zwischenzeit werden wir uns den Inhalt dieses Päckchens näher ansehen", bat er Marlene und schob ihr einen Zettel und einen Stift hin.

Magnabosco schlüpfte in ein Paar Einweghandschuhe, nahm das Päckchen und öffnete es langsam. Marlene sah, wie seine Finger zitterten und sein Adamsapfel in seinem Hals hoch- und runterhüpfte. Plötzlich machte sie sich fast Sorgen um ihr Gegenüber.

„Ist alles in Ordnung bei Ihnen?", fragte sie leise.

„Nein. Verzeihung, doch, ja, natürlich. Machen Sie sich bitte keine Sorgen, man wird Ihnen nichts tun. Ich denke, es handelt sich um einen schlechten Scherz."

„Hoffentlich! Ich habe wirklich Angst, Herr Kommissar."

„Ich werde mein Bestes versuchen und die Sache so schnell wie möglich aufklären."

„Haben Sie schon mit Andreas Schmalzl gesprochen?"

„Wer ist das?", fragte Magnabosco, obgleich ihm der Name bekannt vorkam.

„Er arbeitet für die *Eisacktaler Presse* und scheint ziemlich viel über diese Morde zu wissen."

„Ist gut, Frau Pittscheider. Sie können jetzt gehen, ich werde mich in den kommenden Stunden bei Ihnen melden. Halten Sie sich zur Verfügung."

Marlene verabschiedete sich leise. Als der Beamte die Tür hinter ihr schloss, vernahm sie einen Faustschlag auf den Tisch und einige laute Flüche.

Filippo Magnabosco

Unter den Brixner Lauben herrschte an diesem frühen Samstagnachmittag im März geschäftiges Treiben. Die ersten Touristen waren eingetroffen, bevölkerten die kleinen Modeläden und bestellten Cremetorten mit Cappuccino in einem altehrwürdigen Café-Restaurant. Magnabosco bekam Gänsehaut bei dem Gedanken, nachmittags einen Kaffee mit Milchschaum zu einer Sahnetorte zu trinken. Ein Cappuccino gehörte zum Frühstück, sonst nirgendwohin.

Er betrachtete Carmela, die sich eine Gabel Tagliatelle in den Mund schob. Sie kaute genüsslich, ja fast anmutig. Sie schluckte und blickte dann ihren Vorgesetzten an. Ihre braunen Augen, so schien es Magnabosco, glitzerten grünlich. Er sah sie nur kurz an, hielt ihrem Blick nicht stand. Verlegen stocherte er in seinem Rindsgulasch herum und trank noch einen Schluck Bier.

„Capo?"

„Ja … ach ja, genau. Die Sache mit dem Glasauge. Carmela, ich fürchte, ich muss den Fall abgeben. Der Chef wird mich auf Streife im Bozner Bahnhofspark schicken, wenn er das herausfindet."

„Was ist passiert? Ich verstehe nicht."

Magnabosco erklärte ihr kurz sein Missgeschick. Vom Pfarrer in Seis, der die Polizei benachrichtigt hatte, weil er im Beichtstuhl ein Glasauge gefunden hatte. Wie er den Pater befragt hatte und dieser ihm ein Glas Wein nach dem anderen eingeschenkt hatte. Der Junge, der das Glasauge abgeholt und behauptet hatte, es sei seines gewesen. Dann der Anruf, eine junge Frau habe ein Glasauge in ihrer Post gefunden und das Päckchen zur Brixner Polizei gebracht. Dasselbe Auge, dieses Mal mit Grüßen aus Seis. Das Verhör war aufschlussreich gewesen, es hatte wieder einmal zu Anne Marschall, der mittelalteraffinen Autorin aus Brixen, geführt. Und nicht nur das, auch Andreas Schmalzl, der Journalist der *Eisacktaler Presse*, schien in diese Geschichte verwickelt zu sein.

Carmela starrte ihn an, dann plötzlich lachte sie laut auf. Magnabosco war irritiert und fragte sie, was sie an alldem so lustig finde.

„Entschuldigung, Capo. War nicht so gemeint. Haben Sie tatsächlich mit dem Pfarrer von Seis gesoffen?"

„Angestoßen, nicht gesoffen. Er hat mich seinen Messwein kosten lassen. Ich hatte ja noch Glück, dass mich die Kollegen nicht erwischt haben. Sonst müsste ich nun alles zu Fuß erledigen."

„Wir müssen endlich Anne Marschall finden", beschloss Carmela. Die Frage, ob sie nun wieder offiziell im Dienst sei, stellte sie nicht.

„Und zwar schnellstens. Außerdem müssen wir Polizeischutz für die gesamte Abschlussklasse anordnen, die demnächst ihr Jubiläum feiern will. Wir müssen auch der Lehrerin einen weiteren Besuch abstatten. Immerhin hatte sie wohl den besten Draht zu Anne Marschall. Oder wenigstens zu Susi Schwabl."

„Und dem Gärtner. Mein Zio ist überzeugt, dass er Tante Isolde umgebringt hat."

„Umgebracht, Carmela", verbesserte er sie ein weiteres Mal.

Magnabosco suchte in seiner Jacke nach dem Geldbeutel und verließ den Tisch, um das späte Mittagessen zu bezahlen. Zu schade, dachte er. Er hatte diese halbe Stunde mit dem kühlen Bier, dem Gulasch und seiner Assistentin genossen. Mit ihr schien alles sehr viel leichter zu sein als mit Clara.

Als er sich an der Kasse umsah, fiel sein Blick auf den Außenbereich, wo Carmela auf ihn wartete. Er beobachtete, wie sie etwas Weißes vom Boden aufhob. Eine Serviette, die unter seinen Stuhl gefallen war. Mit spitzen Fingern hob sie sie auf, legte sie auf den Tisch und öffnete sie dann.

Magnabosco sah ihr erschrockenes Gesicht und wie sie sie wieder zusammenfaltete.

TEIL 4

Maria Gasser

Linkes Auge auf, rechtes Auge auf. Kein Licht. Wummern im Schädel, Schmerzen im ganzen Körper. Kälte und Feuchtigkeit. Modriger Geruch. Durst.

Maria Gasser versuchte, sich zu bewegen, es gelang ihr nicht. Sie war gefesselt. Beim Versuch, ihren schmerzenden Kopf zu bewegen, stieß sie mit dem Kinn an kaltes Metall. Ihre Arme konnte sie nicht bewegen, sie waren hinter ihrem Rücken zusammengebunden. Sie rüttelte, bekam heftige Atemnot, ihr Kopf schien zu bersten. Sie zwang sich zur Ruhe. Ihre Füße waren angekettet, sie stand mit gespreizten, an eine Stange befestigten Beinen an einer kalten, feuchten Wand. Da war nur Dunkelheit, kein einziger Lichtstreifen, um sie herum alles schwarz.

Plötzlich ein kleines Licht, sie konnte zunächst nicht erkennen, woher es kam. Sie beugte den Kopf nach unten, soweit es ging, und erkannte ihr eigenes Mobiltelefon, das keine zwei Meter neben ihr am Boden lag. Jemand rief sie an, ließ es minutenlang klingeln. Immer und immer wieder. Dem letzten Anruf hielt der Akku nicht mehr stand, das Telefon vibrierte noch einmal und ging aus. Zusammen mit dem blauen Licht erlosch auch Maria Gassers Hoffnung auf Rettung.

Was war passiert, wie lange war sie schon hier? Erinnerungsfetzen kamen zurück. Sie war in die Tiefgarage unter ihrer Wohnung gegangen, hatte den Kofferraum geöffnet, wollte die leeren Flaschen hineinlegen, die sie wegwerfen musste. Als sie sich weiter in den Kofferraum hineinbeugte, um eine Plastiktüte zu befreien, war plötzlich jemand hinter ihr, der ihr einen dumpfen Schlag auf den Hinterkopf verpasste. Wehrlos war sie vornübergefallen.

Wie lange sie wohl schon hier hing? Stunden oder gar schon Tage? Ihr Mann hatte sicher sofort Alarm geschlagen, als er sie telefonisch nicht erreichen konnte. Man würde ihr Handy orten, schließlich schien es hier in diesem Loch Empfang zu geben. Man würde sie suchen. Sie durfte nur nicht aufgeben.

Der Hunger war schlimm, doch der Durst war schlimmer. Ihr Rachen tat weh, ihre Mundhöhle war wund, ihre Zunge angeschwollen. Sie sammelte Speichel, doch da war fast keiner mehr. Sie versuchte, nicht zu weinen und sich auf Geräusche zu konzentrieren. Da, ein kurzes Rascheln. Sie zuckte heftig zusammen und schrie auf, als etwas die Zehen ihres linken Fußes berührte. Es musste eine Maus sein oder gar eine Ratte. Sie und das Tier, gefangen in einem dunklen, kalten Raum.

Maria Gasser schrie und heulte hysterisch, um sich dann die Tränen von den Wangen zu lecken.

Filippo Magnabosco

Am späten Samstagabend trafen Filippo Magnabosco und seine Assistentin Carmela Pasqualina in der Bozner Quästur ein. Nach ihrem verspäteten Mittagessen im sonnigen Zentrum von Brixen hatten sie vergeblich versucht, die Autorin Anne Marschall, den Gärtner Karl Unterkofler und schließlich die ehemalige Lehrerin Ersilia Ingeburt Giaccaleone zu erreichen. Keiner der drei war zu Hause gewesen. Marlene Pittscheider, die Magnabosco auf dem Mobiltelefon angerufen hatte, konnte dem Kommissar ebenfalls keine Auskunft über den Verbleib ihrer Freundin geben.

Sie durchschritten die Gänge der Quästur bis zu ihrem Büro. Nun mussten sie auch Unterkofler und Giaccaleone zur Fahndung ausschreiben. Den Polizeischutz für die restlichen Mitschülerinnen hatten sie bereits angeordnet und auch um einen Hausdurchsuchungsbefehl für die Wohnung von Anne Marschall angesucht.

Magnabosco sah auf sein Telefon und überlegte, dass ihm und Carmela eine lange Nacht bevorstand. Er wählte zur Sicherheit schon einmal die Nummer seines Pizzalieferanten.

„Carmela, was bestelle ich Ihnen?“, fragte er und öffnete gleichzeitig die Tür zu seinem Büro. Es war hell erleuchtet, sein Vorgesetzter Nothdurfter saß auf seinem Bürostuhl und starrte ihn mit erboster Miene an.

Magnabosco legte auf und fand sich plötzlich in einem Unwetter aus Flüchen, Drohungen und Erniedrigungen wieder.

„Was soll ich dem Staatsanwalt sagen? Spätestens am Montag weiß die gesamte Region über die Unfähigkeit der Bozner Polizei Bescheid! Ich sehe die Schlagzeile schon vor mir: ‚Kommissar aus Bozen besäuft sich mit Pater aus Seis und lässt kleinen Buben mit Beweismittel entwischen'. Von wegen entwischen, geschenkt haben Sie es ihm! Alkohol im Dienst, Magnabosco! Was Sie in Ihrer Freizeit tun, ist mir egal, aber das hier geht eindeutig zu weit. Lösen Sie diesen Scheißfall und treten Sie mir danach nie wieder unter die Augen. Lassen Sie sich von mir aus zur Gemeindepolizei versetzen oder gehen Sie zur Fremdenlegion, Hauptsache, Sie verschwinden aus meinem Umfeld. Das Disziplinarverfahren gegen Sie wird heftig ausfallen, Sie bekommen schriftlich von mir Bescheid. Es ist jetzt neun Uhr abends, gehen Sie endlich an die Arbeit und vergeuden Sie nicht auch noch meinen Feierabend."

Nothdurfter stand auf, verließ das Büro und schmiss die Tür ins Schloss. Carmela starrte Magnabosco an, sagte nichts, dann ging sie einen Schritt auf ihren erstarrten Kollegen zu und drückte ihn an sich.

Magnabosco ließ es zu. Er konnte nicht klar denken. Sein Kopf war leer, schwer, er fühlte sich unendlich müde. Er war nicht einmal zornig.

Langsam löste er sich wieder aus Carmelas Umarmung und sah in ihr besorgtes Gesicht. Sie war blass, der grünliche Schimmer in ihren Augen war verschwunden.

„Carmela …", begann Magnabosco leise. Er musste einfach mit ihr darüber reden.

„Wir kriegen das schon hin, Capo", versuchte Carmela, ihn zu beruhigen. Offensichtlich dachte sie, er meine den Fall.

„Das ist es nicht", versuchte er es erneut.

„Machen Sie sich keine Sorgen, Capo. Sie müssen nicht zur Stadtpolizei. Er war nur wutend."

„Ja, schon. Carmela, ich muss Ihnen etwas sagen. Es hat nichts mit dem Fall zu tun."

„Was denn, Capo?"

„Ich war Zorro."

„Ich weiß, Capo", antwortete Carmela nur und stellte sich auf die Zehenspitzen. Ohne ein weiteres Wort abzuwarten, küsste sie Magnabosco sanft auf die Lippen.

Langsam löste sie sich von ihm und nahm seine Hand. „Wie geht es jetzt weiter?", fragte sie.

„Wir müssen Anne Marschall finden", sagte Magnabosco.

„Ich meine uns, Capo. Was passiert mit uns?"

„Nenn mich bitte nicht mehr Capo."

„Ist gut, Capo."

Magnabosco nahm Carmelas Gesicht sanft zwischen seine Hände und küsste sie innig. Der dichte Nebel in seinem Kopf verflog. Endlich konnte er klarsehen.

Lächelnd wählte er noch einmal die Nummer des Pizzalieferanten und freute sich darauf, diese Nacht mit Carmela auf der Wache verbringen zu dürfen.

Maria Gasser

Ihr Magen knurrte nicht, er brüllte, er schrie. Die Trockenheit in ihrer Kehle zwang sie, immerzu den wenigen Speichel zu schlucken, den sie in ihrem Mundraum sammeln konnte. Tränen hatte sie keine mehr.

Einige Male in diesen dunklen Stunden war sie in Panik geraten, hatte nach Luft gerungen, versucht, sich zu winden, bis ihre letzten Kräfte geschwunden waren. Dann und wann raschelte es links oder rechts von ihr, sie konnte das Geräusch nie zuordnen. Zunächst hatte sie sich vor dem Tierchen geekelt, nun war ihr der Mitinsasse fast schon sympathisch. Sie wusste, dass sie wach bleiben musste. Vielleicht würde ja doch irgendwann eine Menschenseele hier vorbeikommen und sie befreien.

Maria Gasser zwang sich noch einmal dazu, nachzudenken, den Vorfall zu rekonstruieren. Sie war in die Tiefgarage gegangen, um die leeren Flaschen in den Kofferraum ihres Kleinwagens zu laden. Ein dumpfer Schlag auf den Hinterkopf, dann wurde sie in ein Auto gewuchtet. Sie wachte mit schmerzendem Schädel auf und nahm Motorengeräusche wahr. Sie spürte die Kurven. Übelkeit stieg in ihr auf, aber sie konnte nicht schreien, weil man ihr den Mund zugeklebt hatte. Die Autofahrt dauerte lange, sie trat immer wieder weg, zwischendurch weckten sie der Geruch nach Erde und Kartoffeln und leise Stimmen.

Dann stoppte das Auto. Mehrere Hände zerrten an ihr, stießen sie eine schmale Treppe hinunter und banden sie mitsamt ihrer modrig riechenden Kopfbedeckung fest. Sie versuchte, sich mit Tritten zu wehren, doch die Hände waren zu grob.

Plötzlich hörte sie eine Frauenstimme leise einen Vers aufsagen. „*Des ward ich hübschlich aufgedrät, mit Füssen an die Stange*", rezitierte sie. „*Do mich der Smerz, macht Kerren an dem Strange*", und: „*Mit einer boien Michel swer, die Schienbein freuntlich hin und her, hiess reiben ane sitten.*"[4]

Maria Gasser versuchte erneut, einen Sinn in diesen Satzfragmenten zu erkennen. Sie dachte an die Frauen, die in den vergangenen Monaten durch mittelalterliche Folter zu Tode gekommen waren. Elfriede Tschurtschenthaler hatte man in Neustift gefunden, Evi Kranebitter in einem der Brixner Klostergärten. Isolde Gostner war mit Säure überfallen worden und laut Zeitung an den Folgen ebenfalls verstorben. Es waren Frauen aus ihrer Internatsklasse gewesen, alle drei, damals waren sie eine richtige Mädchenbande gewesen. In einigen Wochen wollten sie sich bei einem Klassentreffen wiedersehen. Maria Gasser hatte den Kontakt zu ihren ehemaligen Schulkolleginnen nicht gepflegt, sich aber auf die Wiedervereinigung gefreut.

4 Aus: Dieter Kühn, *Ich Wolkenstein. Die Biographie*, Frankfurt a. M. 2011, S. 420.

Damals, ja, da waren sie eine verschworene Gemeinschaft gewesen. Die ganze Klasse hatte sich prächtig verstanden. Warum ausgerechnet sie vier ausgewählt worden waren, konnte Maria Gasser sich nicht erklären. Sie hatten doch keine Feinde, jedenfalls keine gemeinsamen. Zumindest konnte sie sich an keine erinnern. Sie selbst führte ein ruhiges und anständiges Leben, hatte keine Schulden, auch ihr Mann nicht. Keine Streitigkeiten, sie waren weder reich noch arm. Wieder musste sie an früher denken und noch einmal an die seltsamen Worte, die die Frau aufgesagt hatte.

Dann plötzlich waren andere Stimmen aufgetaucht. Männerstimmen, sie sprachen von einer „Wasserentnahmestelle", einem „Brandobjekt", „Menschenrettung" und „Atemschutz". Die Unbekannten waren verstummt, hatten wohl abgewartet und ihr nur noch im Weggehen den Sack vom Kopf gerissen und unsanft den Klebestreifen vom Mund gezogen. Dann wurde eine Tür zugeschlagen. Danach war da nur noch Stille und Dunkelheit. Und das Rascheln einer Maus.

Carmela Pasqualina

Gerade als Carmela die Bürotür schloss und eine braune Tüte mit frischen Croissants auf ihrem Schreibtisch abstellte, klingelte Magnaboscos Diensttelefon. Er selbst war nicht zugegen, vermutlich befand er sich auf der Toilette. Carmela zögerte einen Moment lang und nahm das Gespräch entgegen.

„Hat man Sie nicht beurlaubt?", fuhr Nothdurfter sie anstelle eines „Guten Morgen" an.

„Ein wenig. Was kann ich für Sie tun?"

„Geben Sie mir Magnabosco."

„Er ist … äh … Kaffee holen."

„Sobald er vom Scheißhaus zurückkommt, kommen Sie beide auf der Stelle nach Prissian. Man hat in einem Keller in der Fahlburg eine Frau gefunden, halb verhungert und verdurstet. Ihr Name ist Maria Gasser, sie kommt aus Brixen. Immerhin lebt sie noch. Vielleicht schaffen Sie beide es ja wenigstens, einen Entführungsfall zu lösen, wenn Sie schon mit Morden nicht zurechtkommen."

Ohne ein weiteres Wort hatte Nothdurfter aufgelegt. Wütend starrte Carmela auf das Telefon und schmiss es gegen die Tür, die just in diesem Moment von Magnabosco geöffnet wurde. In seiner Hand hielt er ein

Papptablett mit zwei kleinen Bechern mit frischem Automatenkaffee.

Dem fliegenden Mobiltelefon hatte er nicht mehr ausweichen können. Es traf ihn hart an der Stirn, die heißen Kaffeebecher gerieten ins Schwanken und landeten auf dem letzten weißen Hemd, das er für Notfälle in seinem Schrank gelagert und soeben frisch angezogen hatte.

Carmela stieß einen spitzen Schrei aus. Magnabosco hielt sich mit der einen Hand die Stirn, mit der anderen die mit Kaffee verbrühte Brust und starrte Carmela an.

„Cazzo, Carmela, was sollte das denn?", rief er.

„Capo, Entschuldigung. Tut mir so leid. Komm, setz dich. Ich hole neuen Kaffee. Oioioi, das gibt eine Beule. Warte, ich hole das Coolpack."

„Wieso schmeißt du mir das Telefon ans Hirn?"

„Nothdurfter hat angerufen. Sie haben eine Frau lebendig in der Faulburg gefunden."

„Wo um Himmels willen ist die Faulburg?"

„Prissiano. Wunderschönes Schlösschen zum Hochzeitfeiern. Kennst du es nicht, Capo? Bist du nicht von hier?", meinte Carmela und tupfte vorsichtig die Kaffeeflecken auf Magnaboscos Hemd ab.

„Carmela, bitte hör auf. Calmati. Okay, in Prissian … du meinst wohl die Fahlburg. Was ist passiert?"

Carmela atmete tief durch und lehnte sich an seinen Schreibtisch. Sie erstattete kurz Bericht vom Telefonat mit Nothdurfter. Dann bot sie Magnabosco eines der mitgebrachten Hörnchen an und holte in Windeseile frischen Kaffee. Den Kratzer, den das Telefon an

Magnaboscos Stirn hinterlassen hatte, würde sie später mit einem Pflaster versorgen.

*

„Capo, alles gut bei dir?", fragte sie Magnabosco, als sie den Wagen über die Verbindungsstraße MeBo lenkte. Ihr Vorgesetzter war mit einem Lächeln zu ihr ins Auto gestiegen.

Magnabosco nahm kurz ihre freie Hand, drückte sie und lächelte beseelt.

„Fahr hier raus", sagte er bei der Ausfahrt, die über Nals nach Prissian führte.

Carmela fuhr durch die engen Gassen des alten Dörfchens Nals und klappte die Sonnenblende herunter. An der Kreuzung, die an einer einspurigen Engstelle nach Prissian hinaufführte, musste sie stoppen, um drei Traktoren passieren zu lassen. Nervös tippte sie mit den Fingern auf dem Lenkrad, während Magnabosco das Fenster herunterließ und die warme Frühlingsluft einsog.

„Es ist doch einfach herrlich hier, so ruhig und friedlich."

Carmela antwortete nicht. Sie sah kurz zu ihm hinüber, ihre Augen trafen die ihres Vorgesetzten, den sie in der vergangenen Nacht geküsst hatte. Seine plötzliche Ruhe und Ausgeglichenheit verunsicherten sie.

Gerade als Carmela den Gang einlegte, um weiterzufahren, kam ein weiterer Traktor um die Ecke.

„Wenn das so weitergeht, kommen wir Ende von Jahr nach Faulburg", motzte sie.

„Wie heißt die Frau, die man dort gefunden hat?“

„Maria Gasser, aus Brixen.“

„Schon wieder eine Brixnerin?“

„Ah, basta trattori. Auf geht's!“

*

Während Carmela und Magnabosco vom Parkplatz schnellen Schrittes zur Fahlburg liefen, zählte sie eine Handvoll neugieriger Dorfbewohner, sieben Polizisten, vier Carabinieri und etwa zwanzig Freiwillige Feuerwehrmänner.

Magnabosco blieb bei einem Herrn stehen, der sich als der Kommandant der Freiwilligen Feuerwehr Prissian vorstellte. Carmela ging weiter und suchte das Rettungsfahrzeug des Weißen Kreuzes.

Sie wies sich aus und man ließ sie zu Maria Gasser, die im Inneren des Fahrzeugs unter einer weißen Decke lag. Eine transparente Flüssigkeit tropfte aus einem Beutel in ihre Vene. Sie lag völlig ruhig auf der Trage, ihre Augen waren weit aufgerissen.

Als Carmela sie ansprach, reagierte sie zunächst nicht.

„Frau Gasser, mein Name ist Carmela, ich bin von der Kripo Bozen“, wiederholte sie.

Erst nach einigen Sekunden drehte Maria Gasser langsam den Kopf zu ihr.

„Haben Sie Schmerzen?“

Über die Lippen der blassen Frau kam nur ein leises Nein.

„Wer hat Ihnen das angetan, Frau Gasser? Haben Sie Ihren Entführer erkannt?“

„Drei“, wisperte sie.

„Drei Entführer? Sind Sie sicher?“

Sie nickte.

„Zwei Frauen, ein Mann.“

„Konnten Sie sie erkennen?“

Maria Gasser schloss kurz die Augen und öffnete sie wieder. Dann sah sie Carmela an und schien plötzlich sehr klar. „Es war ein Mann dabei. Er hat zwar nicht gesprochen, aber er hatte einen festen Griff und war sehr grob. Und zwei Frauen. Eine war jünger. Sie hat komisch gesprochen.“

„Was meinen Sie mit komisch?“

„Sie hat ein paar Verse aufgesagt, sie klangen wie mittelalterliche Reime.“

Carmela schloss kurz die Augen. „Frau Gasser, können Sie sich an den Namen Susi Schwabl erinnern?“

Maria Gasser schien wieder schwächer zu werden. Ihr Gesicht nahm langsam eine graue Farbe an. „Susi ist doch tot.“

Plötzlich wurde die Seitentür des Krankenwagens geöffnet. Eine junge Frau beugte sich herein. „Wir müssen Frau Gasser ins Krankenhaus bringen. Steigen Sie bitte aus.“

Carmela drückte kurz und sanft die Schulter der Frau, die sie noch immer starr anblickte.

Filippo Magnabosco

Das Klingeln und Brummen seines Mobiltelefons riss ihn aus dem Tiefschlaf. Benommen vernahm er eine fremde Frauenstimme.

„Wohlan, Hauptmann Magnabosco, nun ist es wohl so weit. Euch sei die Ehre zuteil, mich zu arrestieren."

Magnabosco verstand nicht und fragte mehrmals, wer sich diesen dummen Scherz mitten in der Nacht erlaubte, und drohte mit einer Anzeige wegen Beamtenbeleidigung.

„Nein, werter Büttel, bei meiner Ehr', wollt Ihr mich beschämen? Ich befinde mich hier oben in meinem Zufluchtsort aus jungen Jahren, in klösterlicher Obhut. Packt Eure Siebensachen und macht Euch geschwind auf den Weg, denn lang will ich hier nicht verweilen in solch bitterkalter Nacht." Damit legte die Person auf.

Magnabosco rieb sich die Augen, setzte sich auf die Bettkante und versuchte, klar zu denken. Es war Viertel nach fünf Uhr morgens.

Während er sich nach dem Toilettengang die Hände wusch, klingelte sein Telefon erneut. Mit einem leisen Fluchen nahm er auch diesen Anruf entgegen.

„Herr Magnabosco, verzeihen Sie mir, dass ich Sie so früh stören muss. Hier ist Marlene Pittscheider."

„Hauptsache, Sie reden Klartext“, antwortete er mürrisch.

„Gerade eben hat Anne Marschall mich nach Glaning bestellt, auf die Burgruine Greifenstein.“

Magnabosco wurde schlagartig wach. „Spricht sie immer in einer Art Mittelalterslang?“

„Ja, oft. Warum fragen Sie?“

„Sie hat mich gerade in ihr früheres Kloster zitiert“, erklärte Magnabosco.

„Mir hat sie gesagt, ich solle auf die Ruine kommen.“

„Gut, das werde ich übernehmen. Sie bleiben schön zu Hause und rühren sich nicht von der Stelle. Verstanden?“

Marlene Pittscheider murmelte etwas Unverständliches und legte auf.

*

Magnabosco parkte seinen Wagen vor dem Buschenschank in der Nähe des hoch über dem Etschtal gelegenen Weilers Glaning bei Jenesien. Er wunderte sich, dass er den Wagen seiner Assistentin Carmela Pasqualina noch nirgends entdecken konnte, schließlich hatte er sie bereits vor einer halben Stunde angerufen und ihr aufgetragen, sich umgehend in Richtung Greifenstein aufzumachen.

Magnabosco rannte über den steinigen Weg, der hinab zur Burgruine Greifenstein führte. Kastanienbäume säumten den Pfad, der zusehends schmaler wurde. Er zog seine Taschenlampe hervor und leuchtete in den frühmorgendlichen, noch fast schwarzen

Abgrund. Das Gelände war abschüssig, Hunderte Meter ging es zwischen ausgewaschenen Felsen und dürren Bäumen kerzengerade in die Tiefe. Ihm schwindelte und er musste sich kurz an einer schmalen Buche festhalten, um nicht zu taumeln oder gar hinunterzustürzen.

Nach einer Kurve wurde der Weg wieder etwas breiter, etwa fünfzig Meter noch, dann konnte er die Ruine, die auch Sauschloss genannt wurde, auf ihrem felsigen Thron ausmachen. Er ging schnellen Schrittes auf das alte Gemäuer zu, machte dann aber zwischen den vom weichen Moos bewachsenen Felsen etwas langsamer, um nicht wieder das Gleichgewicht zu verlieren.

Kurz vor dem kleinen Steig, der in das Gemäuer hinaufführte, machte er Halt und sah sich um. Er leuchtete in einen steinigen Abgrund. Im Lichtkegel konnte er eine Tasche erkennen, die sich an einem hervorstehenden Felsen verfangen hatte.

Als er schließlich auf dem Vorhof der Ruine ankam, rang er nach Atem. Er hatte sich ein paar einfache Treppenstufen ins Innere der Ruine Greifenstein erhofft, doch nun musste er mit seinen ausgetretenen Turnschuhen über eine durchbrochene Wand klettern. Magnabosco schwor, sich in der kommenden Woche in einem Fitnessstudio anzumelden. Nur gut, dass er noch alleine war, Carmela hätte ihn sicherlich gerügt, dass er so ein schlechter Kletterer war.

Die Sonne ging langsam auf, aber hinter den Mauern herrschte kalte Finsternis. Er versuchte, sich so lautlos wie nur möglich zu bewegen, doch immer wieder knirschten trockene Äste unter seinen Schritten.

Schemenhaft konnte er die verwinkelten Kammern der Burg erkennen. Magnabosco sah auf sein Telefon, doch noch immer keine Nachricht von Carmela.

Er lauschte in die Stille. Ein paar frühe Vögel zwitscherten inzwischen.

Plötzlich ertönte der Gesang zweier heller Frauenstimmen. Zunächst konnte er nicht erkennen, aus welcher Richtung sie kamen. Ein leichter Wind kam auf und vertrug sie. Magnabosco fühlte sich desorientiert, stand auf, bewegte sich aus dem Dickicht heraus und ging in die rechte Seite der Burgruine.

Er hörte aus der einen Richtung:

„Nu Huss, sprach der Michel uon Wolkenstain
So heczen wir, sprach Oswalt uon wolckenstain
Za hürss, sprach her lienhart uon wolkenstain
Sy müssen alle fliehen uon greiffenstein geleich"

Gleich darauf ertönte eine zweite Stimme und sang ein wenig brüchiger:

„Do hüb sich ain gestöber auss der glüt
All nyder jndie köfel das es alles blüt
Banczer vnd armbrost darzu die eysenhüt
Die liessens vns zu lecze do wurd wir freuden reich"

Magnabosco ging langsam in die andere Richtung, als die kräftigere Stimme wieder ertönte:

„Die handwerch und hütten und ander ir gezelt
Das ward zu ain' aschen jndem obern veld
Ich hör wer übel leihe das sey ain böser gelt
Also well wir bezalen herczog friderich"

Er verstand kein einziges Wort von dem, was diese Frauen sangen. Dennoch faszinierte ihn ihr Lied.

Magnabosco stieg über weitere Äste und altes Mauerwerk, bis er eine zierliche Gestalt erkennen konnte, die in einem wehenden, dunklen Gewand an der höchsten Stelle der Burg stand.

„Anne Marschall?“, rief er und zog seine Waffe. Die Person reagierte nicht und sang weiter. Sie hatte eine Armbrust im Anschlag. Erst jetzt, da es langsam heller wurde, konnte er auch Marlene erkennen, die sich zitternd an die Wand presste. Hatte er ihr nicht ausdrücklich verboten, hierherzukommen? Es konnte aber nicht ihre Stimme sein, die er gehört hatte. War da noch eine weitere Person?

Und dann wieder hörte er Anne Marschall:

„Schalmüczen schalmeussen nyemand schied
Das geschach uorm raubenstain jnndem ried
Das mangem ward gezogen ain spann lange nyet
Von ainem pfeil geflogen durch Armberost gebiett“

„Armberost“, dachte Magnabosco. Sie hatte bei ihrer Besetzung der Ruine Greifenstein tatsächlich kein Detail vergessen.

„Gepawren von sant jörgen die gancz gemaine
Die hetten uns gesworen falsch unraine
Do komen güt gesellen von Raubenstaine
Got grüss ew nachgepawern ewr trew ist klaine“

„Drehen Sie sich langsam zu mir um. Hände über den Kopf. Lassen Sie die Waffe fallen und Ihre Sekretärin aus dem Spiel. Sie hat Ihnen nichts getan."

„Marlene hat mich verraten, als sie sich an die Polizei gewandt hat, das soll sie nun büßen!", rief Anne Marschall und festigte ihren Griff um den Schaft der Armbrust.

Magnabosco setzte langsam einen Fuß vor den anderen, seine Waffe war schussbereit gegen Anne Marschall gerichtet. Schützend stellte er sich vor Marlene und versuchte, die Lage zu überblicken. Marlene klammerte sich nun wimmernd von hinten an ihn.

Aber wo blieb Carmela? Sie würde ihn doch nicht tatsächlich ausgerechnet in dieser Situation im Stich lassen?

„Ejn werffen und ein schiessen ain gross geprewss
Hüb sich än verdriessen glöggel dich und seuss
Nu rür dich güt hofeman gewynn oder fleuss
Ouch ward daselbs besenget vil dächer unde meuss
Die boczer der ritten und die von Merän
Häfning der melten die zugen oben hran
Serntner senesyer die fraidige man
Die wollten vns vergernen do komen wir der von"[5]

5 Aus: Oswald von Wolkenstein, *„Nu huss!" sprach der Michel von Wolkenstain* (= Kl. 85).

„Oh nein, so einfach kommen Sie ganz sicher nicht davon, Frau Marschall. Oder soll ich Sie doch lieber Frau Schwabl nennen?"

Der Klang ihres bürgerlichen Namens ließ Anne Marschall verstummen.

„Ihr seid also meiner falschen Fährte ins Kloster Säben nicht gefolgt, mein werter Commissario. Nun, sei es drum, einen Versuch war es wert. Wenn ich Euch einen Rat geben darf, nehmt Abstand von dieser kleinen Betrügerin, die da so schrecklich jammert. Schließlich hat sie mich betrogen", sagte sie bitter.

In diesem Moment hörte Magnabosco hinter sich das Unterlaub verdächtig knacken, so als ob sich jemand nähern würde. Carmela? Er sah sich instinktiv um, ohne die Waffe zu senken.

„Ich bin hier, Herr Kommissar", ertönte eine Stimme und eine alte Dame tauchte neben ihm auf dem steinigen Weg auf.

„Frau Giaccaleone, Sie hier? Aber …" Plötzlich wurde Magnabosco so einiges klar. Susi Schwabls Lehrerin hatte die Schriftstellerin nicht nur in ihren jungen Jahren begleitet, sondern war noch immer ihre Verbündete.

„Los, gesellen Sie sich zu Ihrer ehemaligen Schülerin, damit ich Sie beide sehen kann. Frau Marschall, Sie gestehen also, Ihre ehemaligen Klassenkameradinnen gefoltert zu haben?"

„Aber natürlich, Herr Kommissar. Warum sollte ich dies denn auch leugnen? Rache, wem Rache gebühret", antwortete Anne Marschall triumphierend.

„Frau Gasser hat überlebt, falls es Sie interessiert“, entgegnete Magnabosco.

Anne Marschall zuckte leicht zusammen, sagte aber nichts darauf.

„Bei Frau Gostner haben Sie es mit der Folter so sehr übertrieben, dass sie an den Folgen gestorben ist“, erklärte er weiter.

„Ich wollte sie verletzen, nicht töten. Ich ahnte ja nicht, dass Herr Unterkofler ein solch geschickter Giftmischer ist“, sagte Anne.

„Der Gärtner! Sie haben mit ihm zusammengearbeitet?“

„Karl hat mich schon immer beschützt“, begann Anne merklich unruhig. Magnabosco bemerkte das Zittern in ihrer Stimme. „Er wollte uns auch vor dem Zeitungsmanne schützen und ist im Kampfe mit ihm in die Schlucht gestürzt“, erklärte Anne und brach in Tränen aus.

„Zeitungsmann?“, fragte Magnabosco. Konnte diese Frau denn nicht einmal normal sprechen?

„Andreas Schmalzl, Herr Kommissar! Er kam uns entgegen und wollte uns angreifen. Karl hat blitzschnell reagiert und konnte uns verteidigen – unter Einsatz seines eigenen Lebens“, schluchzte Anne.

Magnabosco dachte fieberhaft nach: Auf dem Weg hierher hatte er eine schwarze Herrenhandtasche gesehen. Sicher gehörte sie nicht dem Gärtner, sondern dem Journalisten. Was hatte Schmalzl hier oben zu suchen gehabt? Hatte Anne ihn genau wie Marlene hierherbestellt, um ihn umzubringen oder, besser, vom

Gärtner umbringen zu lassen? Was für ein Schlachtfeld, das diese zierliche Frau doch hinterließ.

„Lasst uns noch ein paar Minuten die aufgehende Sonne genießen, bevor wir für den Rest unserer Lebtage weggesperrt werden. Ihr habt doch sicher noch einen Moment lang Zeit, Herr Kommissar, oder etwa nicht?“, bat Anne Marschall, die wieder etwas gefasster wirkte, und nahm die Hand ihrer ehemaligen Lehrerin. Sie wandte ihr Gesicht wieder ab und blickte in das Etschtal hinunter. Der Wind wehte durch ihr schwarzes Gewand, plötzlich hob sich ihr Hut und flog von ihrem Kopf.

Reflexartig rannte Magnabosco dem fliegenden Hut hinterher und bekam ihn zu fassen. Im gleichen Augenblick wurde ihm bewusst, dass derselbe Windstoß ihn um die Verhaftung der Anne Marschall gebracht hatte, die die Gunst des Augenblicks genutzt hatte und leichtfüßig an ihm vorbei durch die Gemäuer gehuscht war. Ihre Armbrust hatte sie selbstverständlich mitgenommen.

Nun saß hier nur noch eine alte Dame, die er ebenso verhaften musste. Magnabosco wusste sich nicht anders zu helfen, als sich seines Gürtels zu entledigen und die zeternde Lehrerin mit den Händen am Rücken an die kleine Bank auf dem obersten Punkt der Ruine Greifenstein zu fesseln.

„Seien Sie doch froh, das Leder tut weniger weh als die Handschellen“, erklärte er ihr.

„Was soll denn jetzt aus Iacopo werden, wenn Sie mich einsperren?“

„Das hätten Sie sich vorher überlegen müssen. Aber er vertickt sein Rauschgift sicher auch ohne Ihre Hilfe, Frau Pantaleone."

„Mein Name ist Giaccaleone. Ach du meine Güte, gut, dass Sie mich daran erinnern. Ich muss Iacopo dringend sagen, dass er das Zeug aus meinem Küchenschrank nimmt, bevor die Polizei meine Wohnung durchstöbert. Das wird doch so gemacht, nicht wahr, Herr Kommissar?"

„Das wird in Ihrem Fall nicht notwendig sein. Ich konnte Sie ja bereits festnehmen."

„Stimmt, Sie haben recht, Herr Kommissar. Es wäre mir trotzdem lieber, er würde das Zeug verschwinden lassen. Darf ich Sie vielleicht um einen Gefallen bitten? Könnten Sie ihn nicht anrufen? Ich gebe Ihnen auch seine Nummer. Ich kann sie auswendig", quasselte sie, „also, das ist die 348 …"

Plötzlich hörten sie einen Schrei. Magnabosco erkannte Carmelas Stimme, die den Befehl gab, stehen zu bleiben. Ohne weiter auf die wirren Worte der Lehrerin einzugehen, begab er sich schleunigst zum Ausgang der Ruine. Immer wieder musste er seine Jeans hochziehen, weil er den Gürtel für Frau Giaccaleones Festnahme gebraucht hatte. Also zog er kurzentschlossen seine Hose aus und rannte in Unterhosen um das alte Gemäuer herum, bis er Anne Marschall sah. Carmela stand ihr gegenüber und zielte mit der Waffe auf die Autorin, die wiederum ihre Armbrust im Anschlag hielt.

„Werfen Sie endlich dieses alte Ding weg!", rief Magnabosco.

„Aber Capo, die ist ganz neu. Ich habe sie erst gestern bekommen!“, keuchte Carmela. Ihr Gesicht war rot angelaufen, sie war völlig außer Atem.

„Doch nicht du, Carmela, ich meine diese antike Pfeilschleuder.“

„Welch hässliches Wort für meine Armbrust, Herr Kommissar.“

„Legen Sie sie langsam hinter sich.“

Anne Marschall schloss kurz die Augen und schien tief in sich zu gehen. Dann atmete sie hörbar aus und legte das hölzerne Gestell mit dem gespannten Bogen hinter sich nieder. Plötzlich kicherte sie leise.

„Was gibt es da zu lachen, Frau Schwabl?“

„Verzeiht, Herr Kommissar, aber wer kann schon behaupten, von einem Polizisten in Unterhosen verhaftet worden zu sein?“

Filippo Magnabosco

Filippo Magnabosco balancierte eine vollgepackte Einkaufstüte und zwei Sechserpacks stilles Mineralwasser in seinen Armen. Er versuchte, die Tür zu dem Mehrfamilienhaus in der Pfarrhofstraße aufzusperren, was ihm aber nicht gelang.

Beinahe wäre ihm der Schlüssel hinuntergefallen, als eine junge Frau die Tür öffnete. Sie erschrak sichtlich, als sie Magnabosco hinter der vollen Lidl-Tüte erkannte. Auch er selbst war mehr als erstaunt, Clara hier zu treffen.

„Ich … ich wollte nur ein paar Sachen von mir holen. Bin schon wieder weg“, stammelte sie und legte die Hand über ihren Bauch, der inzwischen eine beträchtliche Wölbung zeigte.

„Clara, wir sollten wirklich einmal miteinander reden. Lass uns hochgehen. Ich habe eingekauft. Ich koche uns etwas. Ich bitte dich.“

Zu Magnaboscos Überraschung willigte Clara ein, rief den Aufzug und zwängte sich mit ihm, den zwölf Wasserflaschen und der Einkaufstüte in den engen Fahrstuhl.

Dieser fuhr los, rüttelte, das Licht flackerte ein paar Mal und ging aus. Dann stoppte er.

Magnabosco stöhnte, Clara schrie spitz auf. Panisch drückte sie alle Knöpfe, nichts passierte. Der Aufzug bewegte sich kein Stück mehr nach oben oder unten, die Tür ging nicht auf.

Mit dem Handy leuchtete Magnabosco auf die Knopfleiste neben der Stahltür. Er selbst konnte sich kaum zwischen seinen Einkäufen rühren, also wies er Clara an, das Knöpfchen mit der Alarmglocke zu drücken.

„Das ist mal wieder typisch. Befehle geben, das kann der Herr Kommissar. Mach das doch selbst!“

„Clara, ich komme nicht dran. Nun drück diesen Scheißknopf, wenn ich dich höflichst darum bitten darf.“

„Sag mal, wie redest du eigentlich mit mir? Es war schließlich deine Idee, uns mit dem ganzen Krempel hier reinzuquetschen. Kein Wunder, dass bei dem Gewicht der Aufzug streikt.“

Clara drückte auf den Notfallknopf. Magnabosco leuchtete weiterhin mit dem Handy und hoffte auf die erlösende Stimme eines Technikers. Minutenlang geschah nichts.

„Drück bitte noch mal.“

Clara drückte energischer auf den Knopf. Ein Rauschen ertönte, dann die leise Stimme eines Mannes. Magnabosco erklärte dem Herrn auf Italienisch ihr Malheur. Die knatternde Stimme versuchte, ihre Gemüter zu beruhigen, und versprach, sie so bald wie möglich aus ihrer misslichen Lage zu befreien.

„Du wolltest reden“, sagte Clara, nachdem sie einige Minuten geschwiegen hatten. „Es ist die beste Gelegenheit, Klarheit zu schaffen, Filippo." In der Dunkelheit des Fahrstuhls hörte Magnabosco, wie sie mit den Tränen kämpfte.

„Lass dir Zeit, Clara. Davon haben wir jetzt sicher mehr als genug."

„Ich möchte diese Beziehung nicht mehr, Filippo. Ich bin unglücklich mit dir."

„Bist du ohne mich glücklich?", fragte er leise.

„Nein. Aber ich möchte dir nicht die Verantwortung für mein Glück oder Unglück übertragen."

„Von wem ist das Kind in deinem Bauch?"

„Ich kenne den leiblichen Vater nicht, Filippo. Es war eine Samenspende. Ich wollte ein Kind. Aber ich will keine Beziehung mehr mit einem Mann."

„Und dir ist nicht zwischendurch einmal eingefallen, mit mir darüber zu reden?" Er konnte nicht glauben, was er da hörte. „Und dann noch die Lüge, das Kind sei von mir! Was fällt dir eigentlich ein? Das ist grausam, Clara."

„Ich weiß, und es tut mir leid. Ich bitte dich um Verzeihung. Ich werde dich nie wieder behelligen, vorausgesetzt, sie holen uns hier wieder raus."

„Das werden sie, keine Sorge. Wie willst du das mit dem Kind alleine hinkriegen? Du verdienst doch nicht mal genug für dich selbst."

„Lass das meine Sorge sein. Auf dich kommen keine Kosten zu."

„Darum geht es doch nicht."

„Worum denn dann?", fragte Clara. Sie stöhnte unvermittelt.

„Was ist mit dir?“, erschrak Magnabosco und leuchtete sie mit dem Telefon an. In diesem Licht sah sie blass, ja fast grünlich aus.

„Ich muss etwas essen. Mir ist ganz schummrig. Und ich kriege schlecht Luft. Wann kommen die denn endlich?“

Magnabosco schob seine Einkäufe so gut es ging zusammen und half Clara, sich auf einen der beiden Sechserpacks Wasser zu setzen. Dann öffnete er vorsichtig ihre Daunenjacke.

„Zu essen hätte ich genug dabei. Ich könnte dir Chips und Würstchen anbieten. Oder Suppenwürfel.“

„Hast du Essiggurken?“, wimmerte sie.

„Nein, aber eine Salatgurke.“

Clara lachte plötzlich. „Was ist mit dir los?“

„Was meinst du?“

„Du kannst doch das Wort Salat nicht einmal schreiben.“

„Ist doch nichts Schlimmes dabei, ein wenig Gemüse zu sich zu nehmen.“

„Filippo, das bist doch nicht du. Wer steckt dahinter?“

„Niemand“, log Magnabosco und dachte an Carmela, die ihm mit einem strengen Blick aus ihren braunen Augen seine schlechte Ernährung zum Vorwurf gemacht hatte. Sie hatte ihm so lange ins Gewissen geredet, bis er tatsächlich einen Stopp in der Gemüseabteilung des Discounters gemacht hatte und mit der Miene eines Verbrechers einen Blumenkohl, einen Brokkoli und eine Salatgurke in den Einkaufswagen gelegt hatte. Diese hatte er dann gekonnt unter zwei Pizzakartons und drei Tüten Chips versteckt und war verschämt zur Kasse gegangen.

„Was magst du denn nun essen?“

„Würstchen. Die Salatgurke darfst du selbst knabbern.“

Magnabosco suchte nach dem Glas mit den Wienern, zog eine heraus und streckte sie Clara hin. Sie nahm sie dankbar entgegen und biss hinein. Auch er aß eine mit Appetit und Genuss. Vielleicht sorgte dafür die Gewissheit, nun endlich die Wahrheit erfahren zu haben. Gerade als er Clara ein zweites Würstchen anbieten wollte, flackerten die Lichter des Aufzugs und er setzte sich wieder in Bewegung. Im fünften Stock kam er zum Stehen und sie konnten aus ihrem engen Gefängnis steigen.

„Kommst du noch mit rein?“, fragte Magnabosco, nachdem Clara sich wieder gefangen hatte.

„Nein, Filippo. Ich glaube, es ist alles geklärt. Ich werde gehen und nicht mehr wiederkommen. Ich wünsche dir alles Glück dieser Welt. Lass es dir gut gehen, du hast es verdient. Ich und der kleine Mann hier kommen schon zurecht.“

Magnabosco senkte den Kopf. Er hoffte, dass sie die Tränen in seinen Augen nicht sehen konnte. Dann zog er Clara das letzte Mal an sich und drückte ihr einen Kuss auf die Stirn.

„Mach’s gut, Filippo. Ich werde jetzt wohl besser die Treppe nehmen.“

Clara drehte sich um und ging. Sie verließ ihn mit einem Lächeln, das er seit vielen Jahren nicht mehr in ihrem Gesicht gesehen hatte.

Drei Tage später

Magnabosco stellte seine Espressomaschine, die schon seine Mutter benutzt hatte, auf den Herd und wartete auf Carmela, die ihn in wenigen Minuten zum Frühstück besuchen würde. Sie hatten einige Tage Urlaub eingereicht, die Nothdurfter sogar ohne Murren genehmigt hatte. Zwar waren die Ermittlungen ganz und gar nicht nach dessen Geschmack verlaufen, aber dass Magnabosco Marlene mit Körpereinsatz vor dem sicheren Tod durch die Armbrust gerettet hatte, wurde ihm hoch angerechnet.

Den Dienst in der Kriminalabteilung durfte er allerdings nicht quittieren, hatte Nothdurfter ihm nebenbei mitgeteilt. Der ehemalige Kollege hatte sich nämlich in die Diebstahlabteilung versetzen lassen. Dort, so hatte er behauptet, würde er sich sicher besser erholen und genesen können.

Magnabosco sah aus dem Fenster und freute sich über den warmen Apriltag, der ihn erwartete. Endlich schien die Sonne und erwärmte den Bozner Talkessel.

Carmela klingelte. Lächelnd ließ er sie eintreten und nahm das noch warme Papiersäckchen mit den frischen Vollkornbrioches entgegen, das sie mitgebracht hatte.

„Capo, lies das", sagte sie und streckte ihm eine Zeitung entgegen, „Seite 2."

„Sag nicht immer Capo zu mir."

„Ist gut, Capo. Nie wieder Capo."

*

Greifenstein: Endspiel im Morgengrauen

Am frühen Sonntagmorgen kam es in der Burgruine Greifenstein, hierzulande auch als Sauschloss bekannt, zu einem furchtbaren Mordversuch. Die über die Region hinaus bekannte Autorin Anne Marschall, ihre Komplizen Ersilia Ingeburt Giaccaleone – eine pensionierte Lehrerin – und der Gärtner des Klosters Neustift, Karl Unterkofler, verschanzten sich wie einst Oswald von Wolkenstein und dessen Konsorten in den Ruinen oberhalb von Siebeneich. Sie riefen die unschuldige Assistentin Marschalls, Marlene Pittscheider, hinzu, in der Absicht, sie zu ermorden. Dies, nachdem sie als mutmaßliche Urheber der Serie dreier brutaler Frauenmorde und einer Entführung, die nicht nur Südtirol erschüttert haben, polizeilich gesucht wurden.

Ein zufälliger Passant, der nahe der Ruine seinen Morgenspaziergang machte, wurde ebenso von dem Trio angegriffen. Es kam zu einem heftigen Handgemenge, wobei Karl Unterkofler gemeinsam mit dem Spaziergänger in die Tiefe stürzte und zu Tode kam. Die Leiche des Gärtners konnte von der Polizei und einigen Rettungskräften in der Schlucht unterhalb der Ruine geborgen werden, von dem Spaziergänger fehlt bis heute jede Spur.

Marlene Pittscheider konnte durch den – wenn auch beinahe zu späten – Eingriff der Polizei aus den Fängen der Geiselnehmerinnen befreit werden.

Anne Marschall und ihre Komplizin wurden verhaftet. Ihr Motiv für diese schlimmen Taten? Laut Aussage der geständigen Marschall war es der Vergeltungsschlag gegen vier Frauen, die ihr in jungen Jahren schlimm zugesetzt hatten. Sie hatte gemeinsam mit den Mordopfern die Schulbank in der Neustifter Mädchenschule gedrückt, die Hänseleien und Quälereien des Quartetts ausgehalten, und all das nur, weil Marschall andere Ideale, Interessen und Verhaltensweisen hatte. Als es schließlich im Streit mit ihnen zu einem Unfall kam, bei dem Marschall ein Auge verlor, erreichte das Mobbing seinen Höhepunkt. Beistand erfuhr sie damals nur von ihrer Lehrerin Giaccaleone, zu der sie bis heute in Kontakt war, und dem damaligen Lehrling und späteren Gärtner Unterkofler. Marschall und Giaccaleone gestehen ihre Komplizenschaft, machen für die Morde aber einzig und allein Unterkofler verantwortlich.

Die Anklage gegen Anne Marschall und Ersilia Ingeburt Giaccaleone lautet auf schwere Folter, Freiheitsberaubung und Mitwisserschaft bei den Morden an den Frauen aus der Brixner Gegend sowie auf versuchten Mord an der Assistentin Marlene Pittscheider. Die Anwälte der beiden Frauen fordern, dass diese ihre Freiheitsstrafen im Kloster Neustift absitzen dürfen. Dieser Hausarrest solle vor allem Anne Marschall dabei helfen, ihre Vergangenheit als Opfer aufzuarbeiten und sich ihrer heutigen Rolle als Täterin bewusst zu werden. Ihr solle zudem erlaubt werden, ihrer Tätigkeit als Schriftstellerin weiterhin nachzugehen.

Vom Opfer wurde Anne Marschall zur Täterin – und die Täterinnen wurden zu ihren Opfern.

Wir bleiben dran – Ihr Andreas Schmalzl von der Eisacktaler Presse.

Simone Dark
Der Bozen-Krimi:
Verspieltes Glück
ISBN: 978-88-7283-808-2
ISBN E-Book: 978-88-7283-822-8
176 Seiten
Euro 12,90 [I]; 14,90 [D/A]

www.raetia.com